水色の不思議

斉藤 洋 作
森田みちよ 絵

静山社

水色の不思議

もくじ

プロローグ

奇妙《きみょう》な人を見ると、ついじっと見てしまう。

あまりいいことではないのだが、子どものときから、ずっとそうだった。

よく晴れた暑い日だった。

用事があって、電車で三つほどいった町からの帰り、わたしが電車に乗ろうとすると、開いたドアのまん中に、若《わか》い女の人がこちらをむいて立っていた。

手にスマートフォンを持って、画面をじっと見ている。

わたしが乗ろうとしていることに気づかないのか、わたしの前に立ちふさがるような形で、道をあけようとしない。

わたしはその女性《じょせい》の横をすりぬけるようにして電車に乗った。

日中だったので、電車はすいていて、席はあちこち空いていた。

わたしはなんとなく、その人のうしろ姿《すがた》が見える席にすわった。

あちこちに席があるのに、どうしてその人がすわらないのか、それも変だといえば変かもしれないが、立っていたい人もいるだろうし、わたしが乗ってきた駅でお

りようとしたのだが、おりるべき駅は次だということに気づき、そのまま立ってい
るのかもしれない。
そのときは、そう思った。
だから、立っていることはさほど奇妙《きみょう》ではないが、場にそぐわないのは、服装《ふくそう》
だった。
緑色のぶあついセーターの下は、茶色のロングスカートで、靴《くつ》はスカートと似《に》た
ような色のショートブーツ。それに、黒っぽい毛糸のマフラーを首にまいているの
だ。
外は晴天。三十度をこえている。いくら、電車の中はエアコンがきいているから
といって、その服装《ふくそう》は奇妙《きみょう》ではないか。
次の駅、その人が立っている側のドアではなく、反対側のドアが開いた。その人
は、閉《し》まったままのドアにむいて、立っている。うしろからでは、さだかではない
が、じっとスマートフォンの画面を見ているようだった。

その次の駅。今度はその人の立っている側のドアが開いた。

その人はおりなかった。

乗ってくる人もいなかった。

そして、その次の駅。それはわたしがおりる駅だった。

電車がホームに入ったとき、わたしは席を立った。

すると、その人は左手にスマートフォンを持ったまま、両手を腰《こし》にあてた。

その人はやせているほうではなく、率直《そっちょく》にいうと、小太りだった。いくら女性《じょせい》でも、小太りの体型で、両手を腰《こし》にあてられては、身体《からだ》にふれずには横を通りにくい。

どうしようかと考えているとき、うしろで声がした。

「おりますって、言ってみたら？　おじさん。」

ふりむくと、そこには知っている少女が立っていた。

名前は知らないのだが、わたしが住んでいる街でよく会う子で、いっしょに散歩をしたり、桜《さくら》の花を見たり、お茶を飲んだりしたことのある子だった。

わたしはうなずいて、小太りの女性《じょせい》に声をかけた。

「すみません。おります。」

しかし、わたしの声はまったく聞こえないのか、両手を腰《こし》にあてたまま、ドアの上にある、路線図のパネルを見あげている。

ドアが開いた。

もう一度、わたしは言った。

「すみません。おりたいんですけど。」

やはり、その人はそのまま立っていた。

しかたがないので、わたしはその人の左右を見て、右側を通って電車からおりた。右側のほうが左側より、いくらかスペースが広かったのだ。

女性《じょせい》でもあり、かかわりあいになるのはいやだったから、わたしはじゅうぶんに気をつけ、その人のどこにもふれないようにし、身体《からだ》を横向きにしておりた。

すぐあとから、少女もおりてきたが、もともとその子は痩《や》せ型《がた》でもあり、まっすぐおりてきても、立っている女性《じょせい》にぶつかることはなかった。

そのドアからおりたのは、わたしたちだけだった。

わたしたちがおりると、ビジネスマンらしいふたりずれがそのドアから乗ろうとしたが、そのうちのひとりが、

「となりのドアにしよう。」

と言った。

「え？　なんで？　ここから乗ったら、席がふたつあいているじゃないか。」

もうひとりがそう言うと、となりのドアにしようと言ったほうが、

「電車、すいているから、どこから乗ってもすわれるよ。」

と言って、先にたって、となりのドアから電車に乗りこんだ。

「なんだよ、まったく。おまえ、ときどき、そういうこと言うよな。」

と言いながら、もうひとりがあとをついていき、同じドアから電車に乗った。

ドアが閉《し》まり、電車が発車した。

わたしは少女に言った。

「きみも、同じ電車だったんだね。」

「別の電車に乗っていて、同じ電車からおりるなんて、そんな器用なことができる人っているかしら。」

少女はそう言ったが、だいたいそういうなまいきなものの言いようをする子なのだ。

白いTシャツに、ジーンズ地の白いショートパンツ。そして、ちょっとヒールのある白いサンダルをはいている。水色のサマーカーディガンを背中《せなか》にかけ、腕《うで》の部分を胸《むね》にたらしている。

たぶん、小学校高学年か中学生だと思うのだが、よくそういうおとなっぽいかっこうで街にあらわれる。

ホームから改札口にくだる階段《かいだん》をおりながら、少女がわたしに言った。

「あの人、おりるところをさがしてるんだよ。」

少女がだれのことを言っているのかわかったが、念のため、たしかめてみた。

「ドアのところに立っていた女の人？」

「そう。」

「スマートフォン、見てるみたいだったし、電車の到着《とうちゃく》時間とか、検索《けんさく》してたのかね。」

わたしがそう言うと、少女は、

「まあ、そんなとこだろうけど、いくらスマートフォンで検索《けんさく》したって、あの人のおりる駅は見つからないよ。」

と言った。そして、

「そんなことより、おじさん。おじさんがいつもいくデパートの三階のカフェで、抹茶《まっちゃ》のフラッペ、はじめたんだよ。そういうことだったら、わたしにご馳走《ちそう》してもいいかなって、そんな気にならない？」

と言って、わたしの手を取った。

一　スマートフォンの幽霊《ゆうれい》

駅には改札口が三つある。

中央の改札口を出ると、少女はわたしから手をはなし、西にむかうアーケード街を歩きだした。

少女が、〈おじさんがいつもいくデパート〉というのは、その先にある。

わたしは編集者《へんしゅうしゃ》との打ち合わせで、二階にあるカフェをよく使う。

どういうわけか、初めて会ったときから、少女はわたしの職業《しょくぎょう》を知っていた。そのとき、少女は、

「おじさん。本、書いている人でしょ。」

と話しかけてきたのだ。

その子の特徴《とくちょう》を言ってみろといわれれば、〈なまいき〉と〈美しい〉のふたつだろう。

わたしは何度もその子と会っている。といっても、約束して会うのではなく、街で偶然《ぐうぜん》会うのだ。そんなふうだから、わたしはいまだにその子の名前を知らない。

一度、駅の南側にある動物園で会ったことがある。そのとき、少女は、そこで飼《し》育《いく》されているフェネックが自分の両親だと、真顔で言っていた。

そういう奇妙《きみょう》なことを言うだけではなく、その子といっしょにいると、奇妙《きみょう》なことに遭遇《そうぐう》する。

アーケードの終わりには歩行者用の信号があり、横断《おうだん》歩道をわたると、そこにデパートの玄関《げんかん》がある。その交差点まできて、信号が青になるのを待っていると、黒いTシャツに、やはり黒のコットンパンツの青年がスマートフォンを見ながら、立っていた。荷物は何も持っていない。

信号が青になり、わたしたちが横断《おうだん》歩道をわたろうとすると、わたしたちとならぶようなかっこうで、青年はスマートフォンを見ながら歩きだした。

わたしたちはそのままデパートに入ってしまったが、青年はまっすぐ歩いていった。アーケードは横断《おうだん》歩道で終わっているが、商店街はまだ西につづいている。

わたしたちと、いわば右と左にわかれるときまで、青年はずっとスマートフォンを見たまま歩いていた。

デパートの玄関《げんかん》に入ったところで、わたしは少女に言った。

「今の人。ずっとスマートフォンを見ながら歩いていたけど、ころばないのかな。」

「地図、見ながら歩いているんだよ。のろのろしていて、ウザいよね。だけど、ころぶか、ころばないかっていえば、っていうか、たおれるか、たおれないかっていえば、もうたおれているんだよ。」

少女はそう答えると、足を速めて、エスカレーターのほうに歩いていった。

「それ、今ごろ、ころんでるっていう意味？」

うしろからわたしはそう言ったが、少女はそれには答えず、ふりむいて言った。

「その抹茶《まっちゃ》のフラッペだけど、かき氷に抹茶《まっちゃ》のシロップをかけたようなやつじゃなくて、一度抹茶《まっちゃ》をいれて、それを凍《こお》らせて作るんだ。だから、数量限定《げんてい》で、夕方だと、売り切れちゃうことがあるんだ。だから、早くいかないと。」

まだ夕方には何時間もあるのに、少女はそう言うと、すいているエスカレーターを歩いてのぼっていってしまった。

三階のカフェは思ったよりこんでいたが、それでも待たされるようなことはなく、ちょうどあいた四人がけのテーブルの席に案内された。

ウェイトレスが注文をとりにくると、少女は抹茶《まっちゃ》のフラッペをふたつ注文し、

「あ、それから、コーヒーをひとつと、紅茶《こうちゃ》をひとつつけてね。コーヒーはブラック。紅茶《こうちゃ》はストレート。」

と言った。

べつにわたしはコーヒーでも紅茶《こうちゃ》でも、どちらでもいいのだが、少女は、わたしにどちらにするか、たずねなかった。

ウェイトレスが水を置いていってしまうと、少女は言った。

「おじさん。仕事、いそがしかったの？」

わたしが水をひと口飲んでから、

「まあ、それなりにってとこかな。だけど、どうして？」

と言うと、少女は言った。

「しばらく街に出てきてないよね。ここ一週間くらい、ずっとおじさんのこと見なかったし。」

「きみがわたしを見なかったからって、わたしが街に出てこなかったとはかぎらないだろ。」

わたしがそう言うと、少女は、

「ハハハ……。」

と声をあげて笑い、

「そういう言いかたって、わたしには似合《にあ》うけど、おじさんが言うと、なんだか変だよ。」

と、からかうようなことを言った。

「どうせ、きみは夏休みで、毎日、遊んでいるだろうけど、おとなはそれなりに、けっこういそがしいんだよ。」

わたしの反撃《はんげき》に、少女は真顔になって答えた。

「わたしは、べつに夏休みじゃなくても、街で遊んでいるし、それに、おじさん。子どもはおとなほどひまじゃないって、ほんとは知ってるくせに。おじさんの本に、そんなことが書いてあったよ。」

たしかにそんなことを書いた記憶《きおく》があった。わたし自身、小中学生のときに比《くら》べれば、今のほうが自由な時間が多い。

「仕事がいそがしいかっていえば、いそがしくないこともないけど、それより何より、こう暑いと、外に出る気になれなくて。」

わたしがほんとうのことを言うと、少女は、

「そうそう。そうやって、すなおに答えたほうがいいよ。」

と言って、今度は声をあげずに笑った。そして、言った。

「すなおになったご褒美《ほうび》に、おじさんが好きそうな話をしてあげようか。」

「わたしの好きそうな話って、どんな？」

「おじさん、ジンジャーブレッドマンって知ってる？　アメリカン・コミックスのヒーローじゃないよ。」

少女はそう言うと、また笑った。自分で言った冗談《じょうだん》がおもしろかったようだ。

「知ってるよ。クリスマスツリーなんかにかざるクッキーだろ。生姜《しょうが》入りで、人間が両手を広げたかっこうをしているやつ。」

「そうそう。じゃあ、あの形っていうか、輪郭《りんかく》を思いうかべてよ。こんな感じの。」

そう言って、少女はコップから水を少しテーブルにたらし、その水でテーブルに、手足を広げた人間の形を指で描《か》いた。

「こんな形。ふつうのおとなの大きさにして、白いロープで作ったものを想像《そうぞう》してよ。」

「何、それ？　ハロウィンのコスチューム？」

「ちがうよ。ハロウィンのコスプレだったら、輪郭線《りんかくせん》だけじゃないでしょ。ロープで作ったやつだよ。そういうのが歩くのを見たんだよ、このあいだ。」

「つまり、人間をかこったような形の、ロープの輪が歩いていたってこと?」

「そうそう。」

少女がうなずいたところで、わたしが、

「そんなばかな。」

とは言わず、

「どこで?」

ときいてしまった。

ほかの人間が言ったのなら、そんなばかな、なのだが、その少女といっしょにいると、奇妙《きみょう》なことが何度もあったのだ。しかし、人の形のロープの輪が歩いているのは、見たことがない。

「どこって、このデパートの前をずっと北のほうにいくと、ちょっと大きな神社があるでしょ? それを通りこすと、女子大のほうに、右にまがる道があるじゃない。そっちのほうにちょっといったあたりだよ。」

「それって……。」

と、わたしが通りの名前を言うと、少女は小さくうなずいた。

「そう。あそこ。女子大まではいかないけど、とちゅうにいくつかマンションがあって、その下に白いロープの輪みたいな人間の形をしたものがあったんだ。」

「ロープの輪みたいって？　じゃあ、ロープじゃないの？」

「うん。ロープって言ったほうが、おじさんにわかりやすいんじゃないかと思って、そう言ったんだけど、ロープじゃないよ。色は白だけどね。ロープじゃなくて、チョークだよ。チョークで人間の形が歩道に描《か》かれていたんだ。」

「それって、よく事件《じけん》とかのとき、警察《けいさつ》がきて……。」

「そうそう。あれ。あれだよ。あれが描《か》かれてたんだ。目とか口までは描《か》いてないから、うつぶせだか、あおむけだかわからないけど、大の字に寝《ね》てるっていうのかな、そんな感じ。もう、おまわりさんもいなかったし、パトカーも救急車も近くにとまってなかったから、きっと、おまわりさんが消しわすれたんじゃないかなってね。だれでもそう思うよね。」

そういうことをその少女は平然と言うのだ。

道に人型の線がチョークで描《か》かれている話をするとき、人はちょっと顔をしかめたり、あたりをはばかるようなしぐさをするものだが、そういうことはまるでない。かといって、ほかのだれかに聞かせようとするように、声を大きくするわけでもない。

「きのう、このさきのレストランでランチを食べたんだけど、あんまりおいしくなくてさ。シェフが胡椒《こしょう》を入れわすれたんじゃないかな。」

と言うような調子で、

「きっと、おまわりさんが消しわすれたんじゃないかなってね。」

と言ったのだ。

事故《じこ》や事件《じけん》の現場《げんば》で、たおれている人間の輪郭《りんかく》を描《か》いて、警察官《けいさつかん》がそれを消しわすれるということがあるだろうか。ひょっとして、捜査《そうさ》のために、わざと消さなかったということもあるだろうが……。

　そんなふうにわたしが思っていると、少女は話をつづけた。

「日が暮《く》れたばかりだったし、夜だって、あのあたりは、そんなに暗くないよね。わたしがそこを通ったら、その白い線が起きあがったんだよ。今まで寝《ね》てた人が起きあがるみたいにね。あ、今、そう言ってわかったけど、あれ、やっぱりあおむけだったんだな。うつぶせだったら、あんなにすぐ起きあがれないよなあ。一度、ごろっと横に半回転するよ。そう思わない？」

「そう思わないって、見ていたわけじゃないから、断言《だんげん》できないけど、腹筋《ふっきん》をきたえる運動みたいにして起きたんなら、あおむけだっただろう。」

　そう言いながらも、あおむけかうつぶせかは、大きな問題じゃないと思っていると、少女はわたしの気持ちを見すかしたかのように、

「刑事《けいじ》ドラマだと、あおむけか、うつぶせかは、大きなちがいなんだよね。」

と言った。

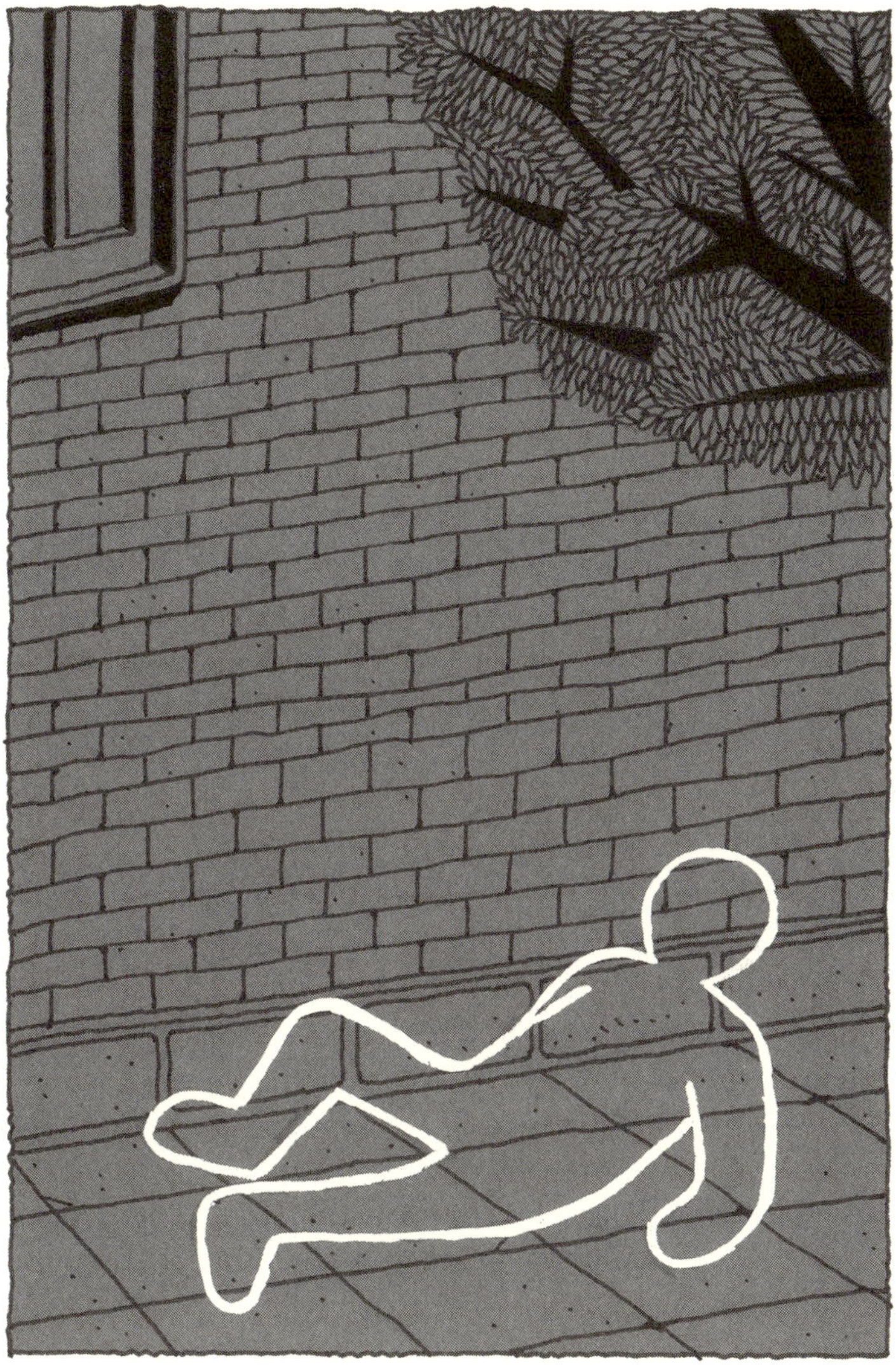

わたしは話のさきをうながした。

「それで?」

少女は言った。

「それで、その人の形をした白いチョークの線が起きあがって、まず最初にしたことはなんだと思う?」

「左右を見たとか?」

「ちがうんだな、それが。」

「じゃ、空を見た?」

「それもちがう。」

「じゃあ、体操《たいそう》をはじめたとか?」

「おじさん。それ、冗談《じょうだん》? 冗談《じょうだん》だったら、あまりおもしろくないよ。よくそういう貧困《ひんこん》な発想で、本が書けるね。ま、いいや。じゃ、ヒントね。それは、きょうおじさんが、二度も見た人間のしぐさです。」

「二度も見た？」

「そうだよ。わかんないかな、これだけ言っても。」

と言って、左手に持った何かを見るようなしぐさをした。

「あ、スマホ？　スマホを見たの？」

　わたしの答えに少女は、

「もしかしたら、スマホじゃなくて、位牌《いはい》かもしれないけど。なんて言うんだっけ、あれ？　あ、戒名《かいみょう》っていうのか。仏壇《ぶつだん》から位牌《いはい》を出して、そこに書かれている戒名《かいみょう》を読んだら、あんなふうなかっこうになるんじゃないか。だけど、位牌《いはい》なら両手で持つか。」

と言って、わたしの目をのぞきこんだ。そして、

「冗談《じょうだん》だよ。おもしろくなかった？」

と言ったのだが、じつをいうと、スマートフォンを知らない昔の人が見たら、ちょっとはなれたところでスマートフォンを見ている人のことを位牌《いはい》を見つめてい

ると思うだろうと、そう思うことが何度かあった。

たいてい、スマートフォンをひとりで見ている人の顔は、これ以上まじめな顔はできないというくらいに、大まじめな顔だ。

一度、電車でとなりにすわっていた男がスマートフォンを見て、ふっと笑ったので、思わずわたしはその人の顔を見てしまった。わたしに見られたことがわかったらしく、男もわたしの顔を見た。それで、目と目が合ってしまったのだが、男はすぐに目をそらし、まじめな顔にもどって、スマートフォンに目をやった。

もし、男が持っていたのがスマートフォンではなく、位牌《いはい》だったとして、位牌《いはい》を見ながら笑っているところを見られたら、たぶんその男のように、目をそらし、まじめな顔で、位牌《いはい》を見つめなおすのではないだろうかと、そのとき、わたしはそう思ったものだ。

少女の冗談《じょうだん》がおもしろいか、おもしろくないか、わたしが意見を言うまえに、少女がさきを話しだした。

「スマホを見るかっこうをしたんだよ、それが。それって、その人間の形の白い線がだよ。そうだなあ、五、六秒、そんなかっこうをしていて、それからわたしがきたほうに歩きだしたんだ。」

「それで、きみ。どうしたの？」

「ちょっとついていったよ。」

「そしたら？」

「はじめはふつうに歩いていたんだけど、そのうちスキップしだしてさ。それで、そこを左にまがったら、このデパートほうにくる交差点があるでしょ。そこを、こっちにはまがらずに、まっすぐいった。」

「そのあいだ、だれかとすれちがわなかったの？」

「すれちがったよ。何人もね。なにしろスキップだから、何人も追いこしたよ。」

「それで、変な目で見られなかった？」

「そりゃあ、見られるよね。中には、口に手をあてて、目を見開いちゃってる女の人もいた。」

「じゃあ、きみ以外の人間にも見えたってことだな。」

「もちろんだよ。あの手のやつはさ。見える人がいたり、見えない人がいたりって、そういう種類の連中じゃないんだよね。」

連中などというのは、少女の使うような言葉ではない。中年以上の男が使う言葉だ。

それで、わたしが、

「連中って、きみ……。」

と言うと、少女はそんなことは気にせずに、

「わたし、びっくりしている人たちに、言ってやったんだ。」

と言ってから、いかにもおもしろそうに、くくくと笑った。そして、こう言った。

「大学の科学研究会のレーザー光線の実験なんです。さわっても、危険《きけん》じゃないから、だいじょうぶです、ってね。」

「レーザー光線の実験って、それで、みんな納得《なっとく》するの?」

「する、する。大納得《だいなっとく》だよ、おじさん。そのとき、わたしね、小さなバッグ持ってたんだ。それで、そのバッグを両手で持って、『この中に、機械が入ってるんです。』って言ったらね、『あ、そうなの。』とか言って、ほっとしたような顔するんだよ。大学生だって、身体《からだ》の小さい人いるでしょ。薄暗《うすぐら》かったし、わたしのこと、大学生だと思ったんだよ。じっさいには、なんかの光線みたいなのを使えば、人型の白い輪郭線《りんかくせん》を歩かせるくらいのことはできるんじゃないか。」

「そうかもしれないね。」

わたしがそう言ったとき、ウェイトレスが抹茶《まっちゃ》フラッペをふたつと、コーヒーと紅茶《こうちゃ》を持ってきた。

ウェイトレスはわたしと少女の前にそれぞれ抹茶《まっちゃ》フラッペを置き、それから、わたしの前にコーヒーを、そして、少女の前に紅茶《こうちゃ》を置いた。

ウェイトレスがいってしまうと、少女は小声で言った。

「いちおうきくべきだよね。どっちがコーヒーで、どっちが紅茶《こうちゃ》かって。」

「きみだって、わたしにきかなかっただろ。」

「おじさん、どっちがよかった。」

「どっちでもいいけど。」

「じゃあ、きいても、きかなくても同じじゃない？　わたしがおじさんにきかないのと、あのウェイトレスがわたしたちにきかないのは、意味がちがうよ。あっちは仕事なんだから。」

「子どもはコーヒーを飲まないと思ってるんだよ。カフェイン、入ってるし。」

わたしはそう言ったが、紅茶《こうちゃ》にもカフェインが入っている。

やはり少女はそこをついてきて、

「種類にもよるだろうけど、紅茶《こうちゃ》のほうがカフェインの含有量《がんゆうりょう》は多いかもだよ。」

と指摘《してき》してから、言った。

「わたし、どっちでもよかったんだ。コーヒーでも紅茶《こうちゃ》でも。だから、おじさんがコーヒーを選べば紅茶《こうちゃ》にすればいいし、紅茶《こうちゃ》にしたら、わたしがコーヒーにすればいいだけじゃない。ブラックとストレートにしたのは、わたしはコーヒーならブラックで、紅茶《こうちゃ》ならストレートだし、おじさんもそうでしょ。」

「まあ、そうだけど。」

「じゃ、問題ないよね。おじさんがどっちでもいいなら、わたし、コーヒーにする。」

そう言って、少女はコーヒーカップに口をつけてから、抹茶《まっちゃ》フラッペを食べはじめた。

わたしは、ひと口、抹茶《まっちゃ》のフラッペを食べて、たしかにおいしいと思った。それで、

「おいしいね、これ。」

と言ってから、

「きみ、きょう、あんまり機嫌《きげん》がよくないのかな？」

と言ってみた。

　少女はスプーンの手を止めて、

「機嫌《きげん》がよくない？」

とつぶやいてから、言った。

「そうかもしれない。」

「なんで？」

「なんでかはわかるけど、べつにおじさんにあたる気持ちはなかったんだ。ごめんね。」

と言って、少女はそのあと、抹茶《まっちゃ》フラッペを食べおわるまで、口をきかなかった。

わたしもだまって、抹茶《まっちゃ》フラッペを食べ、食べおわってから、紅茶《こうちゃ》を飲んだ。

　少女が言った。

「機嫌《きげん》が悪かったのは、たぶん、電車に乗っていた女と、それから、デパートの前で、わたしたちといっしょに、横断《おうだん》歩道をわたったやつのせいだと思う。

「ふうん。どうして？」

とわたしがきくと、少女は言った。

「それより、白い線の人型だよ。おじさん、話のつづき、聞きたくない？」

「聞きたい。」

「そいつ、交差点をわたって、まっすぐスキップしていった。交差点から先は道も細くなるし、人通りもぐっとへるでしょ。」

「ずっと先までいくと、大学があるよね。女子大じゃなくて、男女共学のが。」

「うん。だけど、その大学にいく前に、そいつ、ふっと消えちゃったんだ。」

「消えた？」

「うん。」

「ふっと？」

「うん。ふっと。」

「それで？」

「それでおわりだけど、おじさん。そいつの正体、なんだと思う?」

「そうだな。チョークで人型が描《か》かれていたってことは、そこで、事故《じこ》とか事件《じけん》があって、たとえば、スマホを見ていて、それに気をとられているときに、車にね、なんていうか……。」

「はねられて死んだ?」

「まあ、そういうことがあったとすると、亡《な》くなったかたの幽霊《ゆうれい》みたいなものだったんじゃないかな。それで、消えた場所っていうのが、その人の家の前とかだったんじゃないかな。」

わたしが思いついたことを言うと、少女はそれをきっぱりと否定《ひてい》した。

「ちがうよ。賭《か》けてもいいけど、あそこで事故《じこ》とか事件《じけん》があって、人が死んだなんてことはない。少なくとも、最近、そんなことはなかったと思う。」

「じゃ、何?」

「狐狸妖怪《こりようかい》っていう言葉があるじゃない。狐《きつね》だか狸《たぬき》だかわからないし、もっとべつの種類のやつかもしれないけど、そういう連中だよ。あのあたりに住んでるのか、それとも、ただ通りがかっただけかもしれないけど、女の子がきたから、おどかしてやろうと思ったんだろ。まったく、こっちをだれだと思ってるんだってことだよ。」

「そりゃあ、狐《きつね》や狸《たぬき》じゃなくて、フェネックの子だよね。」

わたしが冗談《じょうだん》っぽくそう言うと、少女はわたしの顔をじっと見てから、

「そうだけど……。」

と言い、にっと笑って、

「狐《きつね》や狸《たぬき》より、フェネックのほうがえらいんだからね。」

と言った。そして、そのあと、こう言った。

「あんな三流のおばけみたいなやつに、ばかにされてたまるかっていうんだよ。だからさ、わたしはそいつに恥《はじ》をかかせてやったってわけ。わたしがこわがりそうもないとわかったら、さっさと消えりゃあいいものを、このさい、ほかの人間をおど

かして、うさばらしをしようと思ったんだろ。だから、わたしはついていって、びっくりしている人たちに、レーザー光線の実験だって言ってやったんだ。ある意味、あいつは人間の科学に負けたってことになるんじゃないかな。ざまあみろだよね。」

「ずいぶん鼻息があらいね。」

わたしがそう言うと、少女は、

「そうだね。」

とうなずき、テーブルを見て、口をつぐんだ。そして、藪《やぶ》から棒《ぼう》に、

「やっぱり気がすまないから、あいつにいってやろう。おじさん、つきあってよ。」

と言って、立ちあがった。

わたしが勘定《かんじょう》を払《はら》っているあいだ、少女はもどかしそうに待っていた。それで、勘定《かんじょう》が終わると、少女は近くの階段《かいだん》をかけおりていった。

わたしは少女を追った。

デパートを出たら、少女はきっと、人型の線が描《か》かれていたほうか、さもなければ、それが消えたほうにいくのだろうと思った。だが、ちがった。少女は歩行者用の信号がある横断《おうだん》歩道の近くの、デパートの敷地《しきち》内のベンチに腰《こし》をおろしたのだ。

「ここ？」

と言いながら、わたしは少女のとなりにすわった。

少女はだまって、うなずいた。

外は暑く、日傘《ひがさ》をさしている女性《じょせい》もいた。

十分くらい、そうやってすわっていただろうか。少女はずっと横断《おうだん》歩道のほうを見ていたが、やがて、

「あ、きた。」

と言って、立ちあがった。

何人もの男女が横断《おうだん》歩道をわたって、こちらに歩いてくる。

横断《おうだん》歩道をわたりきってしまうと、デパートに入る人もいるし、そのまままっす

ぐ歩いてきて、わたしたちのそばを通りすぎていく人たちもいる。その中に、黒いTシャツに、黒のコットンパンツの青年がいた。駅からここにくるとき、わたしたちといっしょに横断《おうだん》歩道をわたった青年だ。さっきと同じように、ほとんど前を見ずに、食い入るようにスマートフォンを見ている。

少女はその青年が前を通るのをじっと見ていた。そして、青年がわたしたちから数メートルほどはなれると、立ちあがり、その青年を追って歩きだした。

わたしは少女のとなりを歩きながら、きいてみた。

「あの黒ずくめの男の人？」

「そうだよ。たぶん、お店がなくなって、住宅街《じゅうたくがい》になったあたりで、右にまがるよ。」

少女はそう言ったが、そのとおりになった。

十分も歩かないうちに、商店はほとんどなくなり、一方通行の細道の左右には、民家がならびはじめる。そのあたりまでいくと、小さな交差点で、黒ずくめの青年

はようやく顔をあげ、左右を見た。そして、右にまがった。

わたしたちとその青年との間の距離《きょり》は、あいかわらず、十メートルくらいだったろうか。青年が角をまがると、少女はかけだした。そして、角をまがったところで、うしろから青年に声をかけた。

「いつまでスマホにたよってるんだよ。あんたの行きさきは、ヤフーやグーグルの地図にはのってない。」

青年がふりむいた。きょとんとした顔でこちらを見ている。

少女は青年のほうにむかって、歩きながら言った。

「いいかげん、気づいたらどう？　リアルな社会に直面するのがいやだからかもしれないけど、自分の目よりも、スマホをあてにして生きていたから、車にはねられたんだろ。」

青年は何も答えず、少女の顔とスマートフォンの画面を交互《こうご》に見た。

そのとき、わたしは、青年のスマートフォンのケースが透明感《とうめいかん》のない水色だということがわかった。

黒ずくめの服には、水色のスマホケースは似合《にあ》わない。

少女は青年のすぐ前までいくと、立ちどまった。

青年の背《せ》は少女よりずっと高い。

少女は青年の顔を見あげるようにして、さけぶような声で言った。

「あんた、もう死んでるんだ。あの世の場所は、スマホで検索《けんさく》できない！　わたし、幽霊《ゆうれい》はきらいじゃないけど、あんたみたいなやつは目ざわりなんだよ。迷《まよ》って歩くなら、自分で迷《まよ》うか、さもなきゃ、ほかの街にしてくれないか！」

そう言って、少女は大きく息をついた。

青年は少女を見おろして、しばらく首をかしげていたが、やがて身体《からだ》がうっすらとしていき、だんだん見えなくなっていった。最後には、宙《ちゅう》に浮《う》いたスマートフォンだけになり、ついにはそれも消えた。

少女はわたしのほうにふりむいて、言った。

「どうせ一度じゃわからないよ、あいつ。会うたびに、言ってやれば、そのうち気づいて、いくべき場所にいくんじゃないか。」

わたしは少女のすぐ近くまでいって、きいてみた。

「電車の中でスマホを見ていた女の人も、今の人と同じような事情《じじょう》かな。」

「そうだろうね、きっと。今のみたいなやつって、見える人と見えない人がいるんだよ。」

と答えてから、少女は、

「ああ、すっとした。おじさん、抹茶《まっちゃ》フラッペとコーヒー、ごちそうさま。今度はもっと楽しいことをしよう。」

と言って、道を走ってもどり、今きたほうに、角をまがっていってしまった。

追いかけてもむだだろうと思ったが、角までいって、少女が去ったほうを見てみたが、やはり少女の姿《すがた》はなかった。

二

お盆《ぼん》

正月もそうだが、わたしが大学生のころまでは、いや、もっとあとまでだったかもしれないが、お盆《ぼん》になると、人々がどっと東京からいなくなったものだ。繁華街《はんかがい》もがらがらにすいているどころか、そこにある商店も三日か四日、休業するのが、いわばあたりまえだった。

しかし、このごろでは、そういうこともないようで、わたしが住んでいる街の中心の繁華街《はんかがい》も、お盆《ぼん》だからといって、休む店は少ない。ときたま休む店があると、閉《し》まったシャッターの前で、

「なんだよ、休みかよ。今どき、お盆《ぼん》だからって、休むなよな。」

などと文句《もんく》を言っている人がいたりする。

以前は、地方から東京に出てきている人は、郷里《きょうり》でお盆《ぼん》の宗教的《しゅうきょうてき》行事に参加するために、帰省していたのだろう。もちろん、今だって、そういう人もかなりの数はいるだろうが、昔ほどではないのではないだろうか。

ある年配の編集者《へんしゅうしゃ》にその話をしたら、

「うちだってもう、田舎《いなか》には墓《はか》しか残ってませんよ。両親が住んでいた家は、あるにはありますが、もうだれも住んでいませんからねえ。」

と言っていた。

場所にもよるが、墓参《はかまい》りだけなら、日帰りでできてしまうのかもしれない。

このあいだ、北関東の県庁所在地《けんちょうしょざいち》のある都市で葬式《そうしき》があり、その帰りに、葬儀場《そうぎじょう》に呼《よ》んでもらったタクシーの運転手と話していて、墓参《はかまい》りの話になった。すると、その運転手は、

「わたしは、九州出身なんですけどね。そうですねえ、墓参《はかまい》りは何年かに一回ってとこですかね。両親はもう他界してるし、兄弟もばらばらですからね。地元にはだれも残ってないんです。墓参《はかまい》りっていったって、じつのところ、目的は高校の同窓会《どうそうかい》ですよ。どっちかっていうと、親孝行《おやこうこう》じゃなくて、県立高校ですよ。」

と、洒落《しゃれ》まじりに言っていた。

それから、その運転手は、

「だけど、女房《にょうぼう》はこっちの人間で、実家は近所にあってね。お盆《ぼん》っていうと、坊《ぼう》さんがきます。」

と言っていたから、お盆《ぼん》の習慣《しゅうかん》はまだまだ残っているのだろう。

わたしが住んでいる街には、徒歩圏内《けんない》にひとつ、バスで十分以内にふたつ大学があるから、お盆《ぼん》というより、夏休みになると、帰省する大学生がいるはずで、そのぶん、人通りが少なくなるかというと、そのようにも見えない。夏休みだからといって、ずっと郷里《きょうり》に帰っているとはかぎらないのかもしれない。

そんなわけで、ふだんとあまり変わらないお盆《ぼん》の夕方、わたしが街を散歩していると、編集者《へんしゅうしゃ》から携帯《けいたい》に電話が入った。

携帯《けいたい》電話はほんとうに便利で、電話がかかってくると、相手の番号ではなく、氏名や会社名が出るから、液晶《えきしょう》画面を見れば、だれからの電話かわかる。

電話に出ると、たいした用ではなさそうだったが、歩きながら話すと、話に集中できないこともある。べつに話に集中できなくても、どうということはないかもしれないが、歩行中、注意散漫《さんまん》になると命にかかわる。それで、すぐ近くにある児童公園にいって、かけなおすことにした。そこから百メートルくらいいくと、ブランコと砂場《すなば》のある小さな公園があるのだ。

公園のベンチにすわって、暗くなっていく空を見あげながら、編集者《へんしゅうしゃ》と話していると、コウタが飼《か》い主《ぬし》といっしょに公園に入ってきた。

コウタというのは、大きなゴールデンレトリバーで、とてもおとなしい。

コウタとはよく街で会う。一度さわらせてもらったとき、飼《か》い主《ぬし》に名前をきいたら、コウタだと教えてくれた。漢字ではどう書くのかはきかなかった。もちろん、コウタというのはイヌの名で、飼《か》い主《ぬし》の名は知らない。

飼《か》い主《ぬし》は五十代と思われる男性《だんせい》で、コウタと街ですれちがうのは、午前中のときもあるし、午後のときもあるし、そのときのように、夕刻《ゆうこく》のときもあるから、普通《ふつう》のサラリーマンではないようだ。イヌの散歩でも、身なりには気を使っているようで、きちんとしている。

わたしは手をあげて、飼《か》い主《ぬし》に挨拶《あいさつ》をした。飼《か》い主《ぬし》も軽く片手《かたて》をあげた。

わたしは、編集者《へんしゅうしゃ》と話をしているより、コウタの首をさわっていたほうがいいので、

「じゃ、知り合いがきたから。」

と言って、電話をきって、立ちあがりかけた。

しかし、そのとき、飼《か》い主《ぬし》はコウタをつれて、出ていこうとしていた。

わたしはコウタの首をあきらめた。それで、ベンチにすわりなおし、コウタと飼《か》い主《ぬし》が公園から出て、公園沿《ぞ》いの道を去っていくのを見ていると、コウタの進行方向から、少女がやってきて、コウタとすれちがった。

少女は立ち止まり、ちょっとコウタと飼《か》い主《ぬし》を見おくっていたが、やがてこちらを見た。公園と道をへだてているのは低いフェンスだから、こちらからも、むこうからも、おたがいが見える。

少女は肩《かた》が紐《ひも》の、黄色っぽいワンピースを着ていた。肩《かた》から小さな白いポシェッ

トをななめがけにしている。

むこうが気づいていることはわかったが、わたしは手をあげて合図をした。少女はお返しの合図をしてこなかったが、歩きだすと、公園に入ってきて、わたしのとなりにすわった。

「こんにちは、おじさん。でも、もうこんばんはか。」

少女はそう言うと、両脚《あし》を前に出し、交互《こうご》にぶらぶらさせた。

「こんばんは。きみもコウタの知り合い？」

わたしがそう言うと、少女は、

「うん。」

とうなずいてから、言った。

「おじさん。気づかないの？」

コウタが公園にいる時間はいつもよりずっと短かった。

ひょっとして、コウタの身体《からだ》の具合が悪かったのだろうか。

わたしはコウタと飼《か》い主《ぬし》が去った道に目をやって、言った。

「たしかに、いつもより早く帰っちゃったけど、ひょっとして病気かな。」

「コウタのことじゃないよ。」

少女はそう言うと、これ見よがしに両脚《あし》を前にのばした。

「サンダルだよ。サンダル！　おととい買ったんだ。」

と言われ、少女の足を見ると、たしかに白いサンダルが真新しい。

「あ、サンダルね。いいね。似合《にあ》うよ。」

そのサンダルだけではない。その子は、じっさい、何を着ても、何をはいても、似合《にあ》うのだ。

少女は、足を膝《ひざ》の下にそろえて言った。

「気づくの、おそいんだよ。だから、おじさん、女にもてないんだ。」

「べつに、もてなくてもいいけど。」

わたしの言葉に、少女は小さなため息をついた。そして、言った。

「べつによくないよ。女にもてなきゃ、だめだよ。」

「そうかな。」

「そうだよ。」

「フェネックも？」

わたしが冗談《じょうだん》でそう言うと、少女はわたしの顔を見て、真顔で、

「もちろんだよ。フェネックだけじゃない。モルモットも、ホンドダヌキも、カピバラもだよ。」

と言い、足元に目をおとして、つぶやいた。

「ゾウのハナコは死んじゃったけど。」

少女が言った動物はすべて、駅の南側にある動物園の動物だ。動物園には何十年も生きたハナコという名のゾウがいたのだが、しばらく前に死んで、今、ハナコがいた場所は空き家になっている。

動物も、もてなければいけないということと、ゾウが死んだということには関係

がなさそうだが、そういうことを気にしていると、その少女とは話せない。

「ハナコが死んだのは、残念だったね。」

わたしがそう言うと、少女は顔をあげ、

「あ、きた！」

と言った。

話の脈絡《みゃくらく》からいうと、それから、言ったのがほかでもないその少女だということを考慮《こうりょ》に入れると、きたのはハナコだということになるが、少女が見ているほうに目をやると、きたのはもちろんハナコではなく、コウタの飼《か》い主《ぬし》だった。手にリードを持っているからイヌをつれているのだろう。だが、コウタではない。コウタなら、大きいので見えるはずだ。

たぶん、小型犬だろうと思っていると、コウタの飼《か》い主《ぬし》はダックスフントをつれて、公園に入ってきた。

コウタの飼《か》い主《ぬし》は公園のはずれにある電灯の下にいくと、肩《かた》からかけていた水色

の布製のバッグから、ブラシを出して、ダックスフントの背中をブラッシングしはじめた。
わたしはちょっと手をあげたが、気づかないようだった。
空には、いくらか明るさが残っていて、コウタの飼《か》い主《ぬし》はそれくらいの時刻《じこく》にな
ると、よくそこで、コウタのブラッシングをするのだ。わたしは何度かそれを見た
ことがあった。
ダックスフントは小型犬とはいえないが、脚《あし》が短いので、公園に入ってくるまで
はベンチからは見えなかったのだ。
「あの人、ダックスフントも飼《か》ってたのかあ。」
わたしがそう言うと、少女はうなずいた。
「うん。あれ、アウグストっていうんだよ。八月生まれだから、アウグスト。アウ
グストはドイツ語で八月なんだって。」
「そう？　飼《か》い主《ぬし》さんからきいたの？」

　わたしがそう言うと、少女は、

「おじさん。わたしが、あのおじさんじゃなくて、イヌから名前をきいたと思う？」

と言った。

　いつもながらの、なまいきな言葉に、むっとするどころか、ついうれしくなって、

「ちがうの？」

と言うと、少女はあたりまえのように答えた。

「ちがわないよ。そうだよ。アウグストにきいたんだ。」

「やっぱりね。」

　それきり、わたしも少女も、飼《か》い主《ぬし》がアウグストにブラシをかけるのをだまって見ていた。

　空がだいぶ暗くなってきた。

　しゃがんでブラッシングをしていた飼《か》い主《ぬし》が立ちあがった。そして、ブラシをバッグにしまうと、アウグストをつれて、公園から出ていき、きたほうに立ち去っ

た。わたしのほうは一度も見なかった。

　わたしは少女に言った。

「もう暗くなってきたよ。帰らなくていいの？」

「帰らなくちゃいけないと思ったら、帰るよ。」

　少女はぶっきらぼうにそう答えたあと、

「このあいだは、ごめんね。」

と小さな声で言った。

「このあいだって？」

「ほら、スマホの。」

「あ、あれか。べつに、きみがあやまることじゃないよ。」

「だけど、ついわたし、かっときちゃって。ああいうこと言うの、よくないよね。」

「そうかな。」

「そうだよ。」

「気をつけなくっちゃ。」

そのあと、少女はだまって、公園の出入り口を見ていた。

「そろそろ帰ろうかな。」

わたしがそう言って、立ちあがりかけたときだった。

フェンスのむこうを、大型犬をつれた男が歩いているのが見えた。

ジャーマンシェパードだ。

わたしは、イヌの中では、ジャーマンシェパードがいちばん美しいと思っている。

ジャーマンシェパードをつれた中年の女性《じょせい》と、街ですれちがうことが何度かあって、一度交差点の信号待ちでいっしょになったとき、わたしがそのジャーマンシェパードを見ていると、中年女性《ちゅうねんじょせい》が、

「さわってもだいじょうぶですよ。」

と言ったので、さわらせてもらった。

毛がゴワゴワで、いかにもジャーマンシェパードなのだ。だが、今、フェンスの

むこうを歩いているのは中年女性《ちゅうねんじょせい》ではなく、コウタとアウグストの飼《か》い主《ぬし》の男性《だんせい》だった。

その人は公園に入ってくると、やはり電灯の下にいき、ジャーマンシェパードのブラッシングをはじめた。

「あの人、ジャーマンシェパードも飼《か》っていたのか。」

わたしがそう言うと、少女はうなずいた。

「そうだよ。あのイヌ、小さいとき、顔のわりに耳がすごく大きくて、ものすごくかわいかったんだ。」

わたしは言った。

「だとしたら、ずいぶん大きな家に住んでるんだろうな。庭つきの。」

「そんなに大きな家じゃないよ。庭はあるけど。」

そう言うところをみると、たぶん少女はその家を知ってるのだろう。

「ふうん。そうなの。だけど、いっぺんに三匹《びき》もイヌが飼《か》えるんだから、庭だって、けっこう広いはずだよ。」

　わたしがなんとなくそう言うと、少女はわたしの顔を見た。

「三匹《びき》も飼《か》ってないよ。」

「だって、コウタとアウグストと、それから、あのジャーマンシェパードだろ。ぜんぶで三匹《びき》じゃないか。」

「今、飼《か》ってるのは三匹《びき》じゃなくて、コウタだけだよ。」

「だって、さっき、『ダックスフントも飼《か》ってたのか。』って言ったら、きみ、そうだって言ったじゃないか。」

「そうだなんて言わないよ。うんって言ったんだ。ま、同じだけどね。」

「じゃあ、やっぱり、三匹《びき》のうち、少なくとも、コウタとアウグストは飼《か》ってるよね。そこにいるジャーマンシェパード以外に。」

「アウグストも、ハンスも、今は飼《か》ってないよ。あ、あのシェパード、ハンスっていうんだけど。」

「じゃ、どこかにあずけてるってこと？」

「ちがうよ、おじさん。おじさんが、『飼《か》ってたのか』ってきいたから、わたし、うんって答えたけど、『飼《か》ってるのか』ってきいたんだったら、ちがうって言ったよ。」

「だから、どこかに、あずけてるってことでしょ。」

「ちがうんだよ。おじさんが過去形《かこけい》できいたんだと思って、わたし、うんて言ったんだ。あの人、若《わか》いとき、最初にジャーマンシェパードを飼《か》って、それが死んじゃったから、ダックスフントを飼《か》って、それも死んだから、今、コウタを飼《か》ってるんだよ。コウタは四歳《さい》だけど、ほかの二匹《ひき》は十年以上飼《か》ってたんだ。」

「どうも、きみが言ってることがわからないなあ……。」

「わからないって？　イヌは十年以上生きたりするよ。」

「そこじゃないよ、わからないのは。」

「おじさん、ふだんはそうでもないのに、きょうはずいぶんにぶいね。今、お盆《ぼん》だよ。」

と言われて、わたしははっとした。

「じゃあ、あそこにいるイヌは……。」

わたしはごくりとつばをのみこんだ。

「そういうこと。」

少女はそう言って、ふうっと息をついた。

コウタの飼《か》い主《ぬし》がジャーマンシェパードのハンスと公園を出ていくまで、わたしと少女はずっとだまって、ブラッシングのようすを見ていた。

ブラシがけのとちゅう、ほんとうは禁《きん》じられているのだが、飼《か》い主《ぬし》がハンスの首輪をはずして、首にもブラシをかけた。そのとき、電灯の光で、ハンスの大きな首輪が水色だということがわかった。

首輪をはずしていたのは、十秒かそこらだったが、ハンスはおとなしくしていた。

ふたりというか、ひとりと一匹《ぴき》が公園を出ていくと、少女は立ちあがった。

「おじさんも帰る?」

「ああ。」

と言って、わたしも立った。

「じゃあ、デパートのとこまで、いっしょに帰ろう。」

そう言って、少女は公園を出ると、デパートのほうに歩いていった。

わたしたちはずっとだまって歩いた。

デパートの北側の入り口にくると、少女が、

「じゃ、おじさん。ここでね。バイバイ。」

と言ったので、

「うん。またね。」

と言ってから、なんとなく言った。

「もうすぐ閉店《へいてん》だから、買い物なら、早くしたほうがいいよ。」

少女はちらりと腕時計《うでどけい》を見て答えた。

「だいじょうぶ。買う物、きまってるから。果物《くだもの》、買うんだよ。ほんとはリンゴがいいんだけど、この季節だとねえ。」

「お盆《ぼん》のお供《そな》え？」

「お供《そな》えってわけじゃないけど、まあ、似《に》たようなものだね。お供《そな》えなら、あとで食べられるけど、食べられちゃうからなあ。今夜、ハナコが帰ってくるんだよ。」

少女はそう言うと、くるりとこちらに背中《せなか》をむけて、デパートに入っていった。

そのとき、わたしはふと思った。

ダックスフントもジャーマンシェパードも十年以上生きたと言っていた。コウタが四歳《さい》なら、あの飼《か》い主《ぬし》が最初に犬を飼《か》ったのは、少なくとも、二十四年は前のことになる。それなら、どうして、少女は最初に飼《か》われたジャーマンシェパードのハンスの小さいころのことを知っているのだろうか……。

「ま、いいか。」

わたしの口からひとりごとがもれた。

なまいきな言葉使いと同じで、そういうことを気にしていたら、あの子とはつきあえない。

三　キキョウにアゲハ

公園でイヌを見た翌々日《よくよくじつ》の夕刻《ゆうこく》だった。

駅から北にのびるアーケードの書店から出てくると、書店の正面の紳士服《しんしふく》店の前に、あの少女が立っていた。こちらをむいて、にこにこしている。

藍色《あいいろ》の浴衣《ゆかた》を着て、黄色の帯をしめている。

わたしと目が合うと、軽く手をあげて、近づいてきた。

「さっき、その本屋の前で見かけたから、待ってたんだよ。」

わたしが書店に入ってから、三十分はたっている。

「外で待ってないで、中に入ってくればよかったじゃないか。けっこう待ったんじゃないか。」

「時間の流れをどう感じるかは、主観の問題だよ。」

少女の言葉で、わたしは、この子、きょうも絶好調《ぜっこうちょう》だなと思った。

「それにさ。本屋で本を見ているとき、だれかに話しかけられると、びっくりするじゃない?」

そう言われても、書店でだれかに話しかけられたことがないので、わからない。

「そうかな。」

としか、言いようがない。

「そうだよ。おじさん。パンツ、自分で買うの？」

そのように話題がポンと飛ぶのも、少女の特徴《とくちょう》だ。

パンツというと、このごろでは意味がふたつある。下着のパンツと、それからズボンという意味だ。

「パンツって？」

たしかめるようにわたしがきくと、少女は答えた。

「ズボンじゃないほうだよ。トランクスとか、ブリーフとか、そういうの。」

「自分で買うこともあるけど、それが？」

「じゃあ、パンツ買おうとして、これにしようかな、なんて、ひとつを手に取ったとするでしょ？　そのとき、だれかにうしろから声をかけられたら、いやじゃない?」

「そうだね。パンツ買っているときに、声をかけられたことはないから、わからないけど、たぶん、ちょっといやかもしれない。」

「女の編集者《へんしゅうしゃ》に、『あ、先生。こんなパンツ、はいてるんですか?』なんて言われたら、気まずいよね。」

「そりゃあ、気まずいかもだなあ。だけど、もし、わたしがパンツを買ってるときに、編集者《へんしゅうしゃ》がわたしの近くにいても、きっと、そこでは声をかけてこないと思うよ。話しかけてくるとしたら、買い物がおわったあとだよ。」

「それと同じだよ。本を買うのって、パンツを買うのと同じじゃないにしても、かなり近いんだよ。本もパンツもきわめて個人的《こじんてき》な問題だからさ。」

少女は、きわめて個人的《こじんてき》な問題、というような、おとなでも会議のときにしか使わないような言葉を使ってそう言った。そして、いきなり話題をかえた。

「どう、これ。」

いくらわたしでも、これ、というのが浴衣《ゆかた》をさしていることはわかった。おとといのサンダルのこともある。

「似合《にあ》うね？　いい藍色《あいいろ》だし、模様《もよう》もクラシックな感じがして、おとなっぽいじゃない。」

わたしはそう答えたが、じっさいに、その浴衣《ゆかた》は少女によく似合《にあ》った。藍色《あいいろ》に白《しろ》ぬきの模様《もよう》は、羽を立てた横向きのチョウがいくつも描《えが》かれている。どこかで見たような柄《がら》だったが、すぐには思い出せなかった。

少女は浴衣《ゆかた》をきちんと着ていた。きつきつの感じはせず、女子大学生などが、花火大会のときに無理して着たものの、歩いているうちに帯がゆるんでしまったような感じもない。

「お母さんが着させてくれたの？」

わたしの問いに、少女は、

「そうだよ。」

と答えた。

「フェネックの?」

どう答えるかと思ったら、案の定、あたりまえのように、

「そうだよ。」

と答え、それから、

「ね、盆踊《ぼんおど》り、いこうよ。」

と言った。

「盆踊《ぼんおど》りって、どこかでやってるの?」

ときくと、街の近くにあるいくつかの神社のうちのひとつの名を言って、

「夜店も出てるし、杏飴《あんずあめ》買ってよ。」

と言いたした。

そんなわけで、わたしは少女といっしょに、十五分ほど歩いてその神社にいった。

鳥居《とりい》が見えるより早く、太鼓《たいこ》の音がひびいてきた。そのうち、東京音頭が聞こえ

てきた。

東京音頭はスワローズの応援歌《おうえんか》のようなものだから、なんとなくうきうきしてくる。わたしは、小さいときからのスワローズファンなのだ。

鳥居《とりい》から社《やしろ》につづく道はさして長くはないが、それでも片側《かたがわ》に五つほど、ぜんぶで十くらい、夜店が出ていた。

社《やしろ》の横に、ちょっとした広場があって、盆踊《ぼんおど》りの櫓《やぐら》はそこに組まれていた。上には太鼓《たいこ》があり、そのまわりをまわって、四人の女性《じょせい》が踊《おど》っている。揃《そろ》いではなかったが、みな、浴衣《ゆかた》を着ていて、四人のうちふたりは初老、もうひとりは中年、そして、あとのひとりは二十代に見えた。白地に大きな水色の花模様《もよう》の浴衣《ゆかた》に、真紅《しんく》の帯をしめている。

櫓《やぐら》を見あげて、少女が言った。

「きれいな人だよね。」

四人のうちの若《わか》い女のことを言っているのだろうと思ったけれど、いちおうわたしはきいてみた。

「白に水色の花模様《もよう》の人のこと？」

少女はうなずき、

「じゃ、杏飴《あんずあめ》！」

と言って、わたしの手を引いた。

そのまま少女はわたしをひとつの屋台の前までつれていき、そこでようやく手をはなしてくれた。

飴屋《あめや》の屋台には、もなかの上に、短い割《わ》り箸《ばし》にさした飴《あめ》がならんでいる。飴《あめ》の中には、すもも、みかんや、杏《あんず》がくるまれている。となりには、小さなスマートボールの台がある。スマートボールの穴《あな》には、2か3のいずれかの数字が書かれている。はじいたビー玉がそこに入ると、二本とか三本とか、くれるのだろう。穴《あな》に入らず、下まできてしまえば、一本ということにちがいない。

わたしが店の男に金を払《はら》うと、少女は、

「これ、持っていて。」

と言って、手にしていた巾着《きんちゃく》をわたしによこした。

少女がはじいたビー玉はみごと、3の穴《あな》に入った。

「大当たりーっ！　三本、三本、三ぼーん！」

男は大げさにそう言ったあと、

「おじょうちゃん。どれにする？」

ときいた。

「杏《あんず》をふたつと……。」

少女はそう答えてから、わたしの顔を見た。

「べつにわたしは……。」

と言うと、少女は、

「ノリが悪いなあ。」

とつぶやいてから、店の男に言った。

「じゃ、三つとも杏《あんず》ね。」

それで、わたしは右手に杏飴《あんずあめ》を一本、左手に少女の巾着《きんちゃく》を持つことになった。

屋台をはなれるとき、巾着《きんちゃく》を見ると、赤い地に描《えが》かれているのは、少女の浴衣《ゆかた》と同じ、白ぬきのチョウの柄《がら》だった。その柄《がら》を見ながら、わたしは、

「この模様《もよう》、なんだっけ?」

ときいてみた。

歩きながら、少女は答えた。

「チョウチョだよ。」

「そりゃあ、見ればわかるけど。」

「アゲハチョウ。」

「アゲハチョウなのか。」

「そうだよ。家紋《かもん》のアゲハチョウ。」

と言われて、思い出した。たしかに、その絵を丸でかこめば、平家《へいけ》の家紋《かもん》だ。

源氏《げんじ》の笹竜胆《ささりんどう》、平家《へいけ》の揚羽《あげは》というのだった。

「あ、平家《へいけ》の家紋《かもん》か。アゲハチョウがきみのうちの紋《もん》なの?」

「ちがうと思うよ。だけど、この模様《もよう》、気に入ってるんだよ。かわいいじゃない。」

「うん。それに、デザイン性《せい》は高いよね。」

わたしがそう言ったとき、少女は右手に持った杏飴《あんずあめ》を口に入れた。そして、それを飲みこんだのではないかと思うくらい早く食べてしまうと、近くにあった臨時《りんじ》のごみ箱に割《わ》り箸《ばし》を捨《す》てた。そして、

「もう一回、盆踊《ぼんおど》り見たら、帰ろうか。」

と言って、広場のほうに歩きだした。

空はかなり暗くなっていた。

いつのまにかライトアップされた櫓《やぐら》の上には、もう水色の花模様《もよう》の浴衣《ゆかた》の若《わか》い女はいなかった。踊《おど》っているのはさっきとは別のメンバーで、白っぽい揃《そろ》いの浴衣《ゆかた》を着た五人の中年女性《ちゅうねんじょせい》が炭坑節《たんこうぶし》を踊《おど》っていた。

「炭坑節《たんこうぶし》とは、またずいぶんクラシックだね。」

わたしがそう言うと、少女は、

「定番だからね。」

と言ってから、櫓《やぐら》の下を指さした。

櫓《やぐら》の下には踊《おど》りの輪ができていて、その近くに、さっきの水色の花模様《もよう》の浴衣《ゆかた》の女がいた。踊《おど》りを見ているようだった。だが、女はすぐに輪からはなれ、こちらにむかって歩いてきた。

境内《けいだい》にはかなりの人がいたのだが、その女が人にぶつかることはなかった。女が人をよけなくても、だれもがなんとなく道をあけた。その道のあけかたがあまりに自然で、まるでわざとらしくない。道をあけるというより、たとえば近くの金魚すくいに気をとられたから、そっちにいったというふうなのだ。

女は、黒い髪《かみ》をアップにしていて、手には何も持っていない。女優《じょゆう》だといっても、疑《うたが》う者はいないだろう。それくらいきれいな女だった。

少女を見ると、少女はずっと女のほうを見ていた。

少女に見られているのに気づいたのか、数メートル前で、女が立ち止まった。

そのとき、女の浴衣《ゆかた》の花がわかった。

桔梗《ききょう》だ。

水色の花びらが五枚《まい》、染《そ》めぬかれている。

女と少女がじっと見つめあうような形になった。

すっと女の顔から血が引いた。色白の顔がますます白くなった。だが、それもつかのまで、今度は逆《ぎゃく》に赤みがさしてきた。

顔色が白から桜色《さくらいろ》になり、一瞬《いっしゅん》に真《ま》っ赤《か》になったかと思うと、土色に変わった。

アップにしていた髪《かみ》がほどけ、額《ひたい》と頬《ほお》をおおい、胸元《むなもと》までかかった。

次の瞬間《しゅんかん》、顔色が黒くなったかと思ったが、ちがった。肌《はだ》が黒くなったのではない。戦国武将《ぶしょう》が戦《いくさ》のとき、顔につける面当てが顔をおおっているのだ。面当ての下から、大きく開いた口と、血走った両目が見えた。その血走った目で、女は少女をにらみつけている。

少女は無表情《むひょうじょう》で見返している。

女がぷいと横をむいて歩きだし、わたしたちの前を通りすぎた。

「敵《てき》は本能寺《ほんのうじ》。」

と言う声が聞こえたような気がした。

そのとき、行く手から、手に缶《かん》ビールを持った中年の男がやってきた。かなり酔《よ》っているのだろう。男はよそ見をしながら、おぼつかない足どりで歩いてきて、女に……。

わたしはつい、声をあげてしまった。

「あっ！　ぶつかる……。」

だが、ぶつからなかった。缶《かん》ビールを持った男は女の身体《からだ》をすりぬけるようにして、いや、ようにではない、すりぬけて、なんでもなかったように、ふらふらと歩いてくる。

女もそのまま歩いていき、人ごみにまみれ、見えなくなった。

女がいってしまうと、少女はわたしから巾着《きんちゃく》を受けとり、

「帰ろうか。」

と言って、残っていたもう一本の杏飴《あんずあめ》を口に入れた。そして、女が去った鳥居《とりい》のほうに歩きだした。

わたしも杏飴《あんずあめ》を口に入れた。

鳥居《とりい》から神社の外に出ると、あたりに女の姿《すがた》はなかった。

駅のほうにむかって歩きながら、少女は今度は、ゆっくりと杏飴《あんずあめ》を食べた。

わたしが食べおわっても、まだ、割《わ》り箸《ばし》をくわえていた。

食べてしまうと、少女は巾着《きんちゃく》の中から、小さなビニール袋《ぶくろ》を出し、そこに割《わ》り箸《ばし》を入れ、わたしにもそうさせ、それを巾着《きんちゃく》にしまった。

交差点をわたり、道がアーケードになった。

それまで、少女はほとんど口をきかなかったが、アーケードに入ったとき、ぽつ

りと言った。

「あの女、ふつうの人間じゃないよ。」

「やっぱりそうか。缶《かん》ビールを持った人がぶつかったときに、通りぬけたもんなあ。」

と言ってから、わたしはたずねた。

「よく知ってるの?」

少女は首をふった。

「よくは知らない。去年の盆《ぼん》踊《おど》りのとき、あの神社で初めて見たんだ。だから、きょうで二度目。おじさんはもう知ってると思うけど、わたし、ふつうの人間じゃないのを見ると、すぐにわかるんだよ。」

「なんだか、あの人、きみを見て、怒《おこ》ってるみたいだったけど、何かあったの?」

「べつに何もないよ。わたし、去年も浴衣《ゆかた》で、あの神社にいったんだよ。今着てるのとは別のだけど。あの女、どうだ美人だろ、踊《おど》りがうまいだろって、そんな感じで、櫓《やぐら》の上で踊《おど》ってた。それが、へたくそならいいけど、さっき見たとおり、すごくじょうずなんだ。そういうやつが櫓《やぐら》にあがって、これ見よがしに踊《おど》っていると、癇《かん》にさわるよね。だからさ、ちょっと、きょうは意地悪しにきてやったんだ。」

「意地悪って、ただ見てただけじゃないか、きみは。」

「うん。この浴衣《ゆかた》着てね。」

「平家《へいけ》の家紋《かもん》の模様《もよう》の浴衣《ゆかた》で意地悪？」

「うん。」

「でも、あの人の浴衣《ゆかた》の模様《もよう》は、源氏《げんじ》の家紋《かもん》の笹竜胆《ささりんどう》じゃなかったよ。笹竜胆《ささりんどう》なら、源平《げんぺい》の合戦だけど、あれ桔梗《ききょう》じゃないかな。」

「そうだよ。桔梗《ききょう》の紋《もん》だよ。水色桔梗《ききょう》はだれの紋《もん》？　おじさん、その話、本で書いたでしょ？　わたし、読んだよ。」

そこまで言われて、ようやく思い出すとは、うかつだった。

わたしは、白い狐《きつね》が主人公の物語で、本能寺《ほんのうじ》の変のことを書いたことがある。

水色桔梗《ききょう》は明智光秀《あけちみつひで》の紋《もん》だ。

それに気づいたとき、もうひとつのことを思い出した。

織田信長《おだのぶなが》は自分が平氏の出身だということをしめすために、織田木瓜《おだぼけ》といわれる花形の紋《もん》のほか、揚羽紋《あげはもん》を使っていた。

「あの女の人が明智光秀《あけちみつひで》の家紋《かもん》を染《そ》めた浴衣《ゆかた》を着ていたから、きみは、織田信長《おだのぶなが》の家紋《かもん》を模様《もよう》にした浴衣《ゆかた》を着て、意地悪をしたってことか。」

ようやく気づいたわたしに、少女はおどけて言った。

「ピンポーン、正解《せいかい》！　でも、賞品は出ません。」

「だけど、だったら、揚羽紋《あげはもん》にしないで、信長《のぶなが》がいつも使っていた織田木瓜《おだぼけ》にすればよかったじゃない。そのほうがわかりやすいし。」

「そうかもしれないけど、織田木瓜《おだぼけ》って、おじさん。そりゃあ、家紋《かもん》としちゃあ、りっぱなのかもしれないけど、あんなキュウリの切り口みたいな形、浴衣《ゆかた》の柄《がら》にはならないよ。」

「あ、そういうことか。」

「そういうこと。」

そのあと、わたしたちはアーケードをだまって歩き、駅前のバス乗り場近くにきた。

わたしは少女にたずねた。

「じゃあ、あの女の人、明智光秀《あけちみつひで》の子孫なのかな。」

少女は答えた。

「それはどうかなあ。どこかで血がつながっていることはあるかもしれないけどね。おじさん。おじさんの先祖《せんぞ》って、何人いるの？　戦国時代までさかのぼったら、ものすごい数だよ。おじさんの先祖《せんぞ》にだって、ひとりくらい、どこかで明智光秀《あけちみつひで》の血を引いていたり、そうじゃなくても、光秀《みつひで》と先祖《せんぞ》が同じ人がいるかもだよ。ただの歴女《れきじょ》だよ、きっと。あの女。」

「歴女《れきじょ》って、歴史好きの女の人のこと。」

「そう。歴女《れきじょ》って、戦国武将《ぶしょう》の中のだれかが好きだったりするんだよ。あの女、明《あけ》智光秀《ちみつひで》のファンじゃないか。ファンっていうか、もうオタクだね。明智光秀《あけちみつひで》になりきってたよ。『敵《てき》は本能寺《ほんのうじ》』なんて言っちゃって。」

「やっぱり、敵《てき》は本能寺《ほんのうじ》って言ったのか。」

「言ったよ。あんな顔しちゃって、よほど織田信長《おだのぶなが》がきらいなんだよ。明智光秀《あけちみつひで》は主人の織田信長《おだのぶなが》のことがこわくて、こわくて、こわくてしかたがなくて、それで裏《うら》切《ぎ》ったと思うんだ。だから、あの女も、織田信長《おだのぶなが》を感じさせるものがいやなんだろ。いやなだけじゃなくて、こわいんだよ。」

「だけど、あの人がふつうの人間じゃなくて、たとえば、幽霊《ゆうれい》だとして、明智光秀《あけちみつひで》のことを好きだったとしても、だからって、信長《のぶなが》の家紋《かもん》を浴衣《ゆかた》の模様《もよう》にしている女の子を、あんなににらみつけるかなあ。」

「まあ、異常《いじょう》だよね。だけど、ふつうの人間じゃないし、そういうのもいるんだよ。あんなの、まだいいほうだよ。せいぜい顔が変わるだけだもんなあ。きらいなものを身につけている人を見ると、むかついて、もっとひどい悪さをするやつもいるからね。」

「もっとひどい悪さって？」

「たとえば、取り殺すとかだよ。」

「取り殺すだって……？」

「そうだよ。」

「そんなこと、できるの？」

わたしがいくらか身をかがめ、少女の顔をのぞきこむと、少女は、

「いやだな、おじさん。冗談《じょうだん》だよ。」

と言って、笑い、

「それじゃあ、おじさん。杏飴《あんずあめ》、ごちそうさまでした。またね。」

と言いのこして、駅の中央口のほうに小走りに去っていった。

四　こ・の・で・ん・しゃ

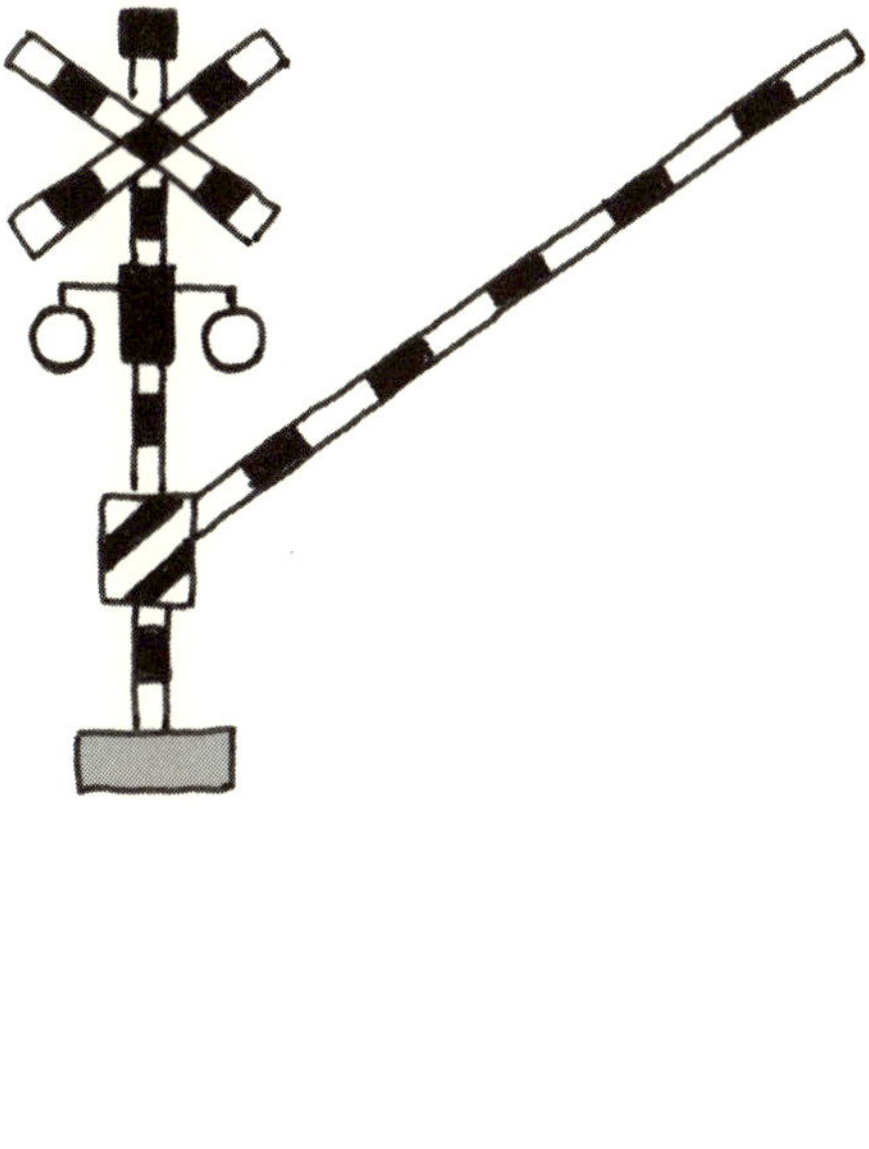

盆踊《ぼんおど》りのあと、九月に入るまで、街で少女と会うことはなかった。

次に少女に会ったのは、九月の中旬《ちゅうじゅん》の夜の八時すぎ、電車の中でだった。

わたしは、用事をすませた帰りだった。住んでいる街の五つ先の駅から、帰宅《きたく》するために上りの電車に乗った。

八時すぎの上り電車はすいていて、席はあちこち空いていた。というよりは、ふさがっている席があちこちだった。

わたしが乗った電車に、少女は乗っていたのだ。

先に気づいたのは少女のほうで、ドアが開いて、わたしが電車に乗った瞬間《しゅんかん》、

「おじさん。こんばんは。」

と声をかけられたのだ。

車両のはずれの三人がけの席の真ん中に、少女はすわっていた。グレーのヨットパーカーの下は黒いジーンズ。黒のスニーカーをはいている。

少女の両どなりは空いていた。

わたしは少女よりドア側の席にすわり、

「お出かけだったの？」

ときいた。

「うん。動物園にいってきた。」

少女が動物園と言ったのは、わたしが住んでいる街の小さな動物園でないことは明らかだった。少女が自分で言うには、少女の家はその動物園の中にあって、両親はフェネックだというのだから。

「動物園って、多摩《たま》動物園？」

わたしの問いに、少女は、

「ちがうよ。」

と答え、東京西部にある小さな市立動物園の名を言った。

「そこに、オオカミがいるんだよ。パパに手紙をたのまれて、とどけにいった帰りなんだ。」

そういうことを真顔で言う少女なのだ。

いつのまにか電車は走りだしていた。

九月になると、日が短くなる。

外は暗かった。

「おじさん。車の免許《めんきょ》、持ってる?」

なんの脈絡《みゃくらく》もなく、少女がそう言った。

「持ってるよ。」

と答えると、少女は、

「バイクのは?」

と言った。

「持ってる。」

「大きなのにも乗れるやつ?」

「ああ。昔の免許《めんきょ》だからね。」

「いつ取ったの?」

「高校のとき。」

「けっこうむちゃやった?」

「やってない。」

「うそ。やったくせに。ローリングとか?」

「やってないって。」

「教習所にいった?」

「うん。いった。」

「ふうん。」

と言ったきり、少女はだまり、電車は次の駅に停まった。

電車が発車すると、少女は席を立ち、進行方向左側のドアの前にいって、窓《まど》から外を見た。

わたしも立って、少女のとなりで外を見た。

少女が言った。

「教習所があるんだよ。」

「知ってる。だけど、この時間じゃあ、もう終わってるんじゃないか。見ていても、教習車は走ってないよ。バイクもね。」

わたしがそう言うと、少女は、

「そうかしら。」

とつぶやいた。

電車が加速し、すぐに惰行《だこう》運転に入った。

駅の間が短くて、歩いても三十分もかからない距離《きょり》なのだ。

窓《まど》から教習所が見えた。

線路が高架《こうか》なので、見おろすかっこうになる。

コースのところどころにある明かりはほとんど消されていて、交差点の近くにひとつ、踏《ふ》み切《き》りのそばにひとつ、そのふたつだけともっていた。

交差点といっても、道の交差点ではなく、教習所のコースの交差点であり、踏《ふ》み切《き》りも同じだ。

その踏《ふ》み切《き》りの警報器《けいほうき》の近くに、女がひとり立っていた。赤いワンピースを着ていた。バイクが一台、猛《もう》スピードで踏《ふ》み切《き》りにさしかかった。

どんな場合でも、踏《ふ》み切《き》りでは一時停止だ。しかし、バイクは一時停止どころか、踏《ふ》み切《き》りの短い坂をジャンプ台がわりにして、文字通《もじどお》り、踏《ふ》み切《き》りを跳《と》びこえた。

一瞬《いっしゅん》、わたしたちが乗っている電車とバイクが並行《へいこう》して走るような形になった。

電車が減速《げんそく》しはじめた。

いくら減速《げんそく》中とはいえ、いつまでも教習所のそばを走っているわけではない。

女もバイクも、いや、教習所もすぐに視界《しかい》から消えた。

「へんなこと、やってたね。試験であんなことしたら、ぜったい落ちるよ。」

わたしがそう言うと、少女は、

「じゃ、今度はこっち。」

と言って、反対側のドアにうつった。

電車が停車した。

開いたのは、さっきまでわたしたちが立っていたほうのドアだった。だが、そのドアからはだれもおりず、だれも乗ってこなかった。

電車が発車した。

その駅の近くには、ふたつ、線路ぎわに自動車教習所がある。

もうひとつの教習所は進行方向右側だった。そのまま立っていれば、その教習所が見おろせる。

今度は電車の加速中に見えた。

コースが視界《しかい》に入ったとき、わたしは思わず、

「え?」

と小さな声をあげてしまった。

その教習所にも踏《ふ》み切《き》りがあり、警報器《けいほうき》がある。その警報器《けいほうき》のすぐそばに、赤い

ワンピースの女が立ち、今度もまた、電車の進行方向と同じ方にむかって、バイクが踏《ふ》み切《き》りを跳《と》びこえたのだ。

バイクのメーカーまではわからなかったが、水色の小さなカウリング、つまり、風よけがついたロードレーサータイプのものだった。

さっきのバイクが、踏《ふ》み切《き》りでジャンプしたあと、そのままコースから公道に出て、どこかで高架線《こうかせん》の下をくぐり、もうひとつの教習所のコースに入って、そこの踏《ふ》み切《き》りをジャンプした……。

電車が減速《げんそく》して、駅に停車し、発車して加速するあいだの時間、たぶんそれは五分もかかっていない。そのあいだに、そんなはなれわざができるだろうか。

わたしがあっけにとられているうちに、電車は次の駅のホームに入った。

その駅の近くにも、別の教習所がある。しかし、そこは電車からは見えない。だからかどうかはわからないが、少女がもとの席にもどった。わたしも少女のとなりにすわった。

「あれ、どういうこと？」

とわたしが言うと、少女はたしかめるように言った。

「バイクのこと？」

「うん。」

「同じバイクが同じことをしたよね。」

「うん。」

「二台のバイクが電車の進行に合わせて、踏《ふ》み切《き》りでジャンプするなんて。」

「二台じゃないよ。たぶん、三台だ。でも、一台だけど。」

「三台？　でも、一台？」

「そう。」

と少女が答えたとき、電車が停まって、ドアが開いた。

　近くのドアからは、おりた人はいなかったが、大学生らしいカップルが乗ってきて、わたしたちの正面にすわった。

ドアが閉《し》まり、電車が動きだした。

「それ、どういうこと？」

わたしがたずねると、少女は、

「今、電車が停まった駅の近くにも、自動車教習所があるの、知ってる？」

ときいてきた。

「知ってるけど。」

「そこでも、そうだな、ちょうど今、この瞬間《しゅんかん》くらいかな。同じことが起こってるよ。踏《ふ》み切《き》りの警報器《けいほうき》のそばをバイクがジャンプして、それを赤いワンピースを着た女の人が見ているんだ。」

「同じバイクで、同じ人ってこと？」

「そうだよ。だから、三台で一台。」

「同時とはいえなくても、そんな短い時間で、次から次に、ほかの教習所にうつれないだろ。」

少女はそれには答えず、言った。

「だって、同じバイクで、同じ女の人なんだから、しょうがないじゃない。それとも、おじさんには、ちがうバイクで、ちがう女の人に見えた？」

「いや、同じに見えたけど……。」

「ほら。だから、同じなんだよ。」

「だけど……。」

「だけど、何をしてるんだって？」

「ああ。」

「たぶん、じゃまされて、できなかったことをやって、見せてるんだよ。」

「見せてる？」

「うん。」

「きみに？」

「わたしに？」

と言って、少女は笑った。そして、言った。

「なんでわたしになの？　わたし、人の根性試《こんじょうだめ》しのじゃまなんか、してないよ。」

「根性試《こんじょうだめ》し？」

「うん。おじさん、このあたりはさ、まえは高架《こうか》じゃなくて、電車は地面を走ってたの知ってる？」

「知ってるよ。」

「今だって、ずっと下りのほうにいけば、高架《こうか》じゃなくて、踏《ふ》み切《き》りがあるよ。」

「あるだろうね。」

「いつのことかも、どこでだかも、わかんないけど、高校生がひとり、ガールフレンドにかっこいいところ見せようとして、電車が入ってくる直前に、バイクで、踏《ふ》み切《き》りをジャンプして、飛びこえようとしたんだよ。それで、ガシャン！」

「ガシャン？」

「うん。ガシャンだよ。わかるでしょ？」

「ガシャンはわかるけど、それで？」

「それでって、女のほうは、警報器《けいほうき》の近くで見ていて、電車にぶつかって、はねとばされたバイクにぶつかって、即死《そくし》。もちろん、バイクに乗っていた高校生も即《そく》死《し》。」

「即死《そくし》って……。だけど、できなかったことっていうのは、そのジャンプだろうけど、それをだれに見せてるんだ？」

「だから、言ったじゃない。じゃましたやつにだよ。」

「それ、だれ？　だれに？」

「今、わたしたちが乗っている、この電車にだよ。」

と言ってから、少女はひとことずつ区切って、もう一度言った。

「こ・の・で・ん・しゃ。」

　わたしはまわりを見まわしてから、声を落として言った。

「この電車？」

「そう。」

「バイクをはねたの、この電車なの?」

「うん。」

「なんで、きみ。そんなこと、知ってるの?　だれかから聞いたの?」

「聞かないよ。」

「それ、たしか?」

「どうかな。でも、たぶん、そうだよ。」

「たぶんそうって、ひょっとして、今の、きみの想像《そうぞう》?」

「そうだよ。」

「なあんだ。そうか。じゃあ、そうじゃないかもしれないわけだよね。」

「うん。でも、ほかに、どういうのが考えられる?」

「どういうのって……。」

「ほら。やっぱり、わたしの言うとおりなんだよ。」

少女がそう言ったとき、電車が次の駅に停まった。

再《ふたた》び電車が動きだすと、少女が言った。

「それじゃあ、おじさんはどうして、ああいうことが起こると思うの？」

「わからないけど。」

「そうだよね。わたしだって、ほんとはどうなのか、知らないよ。たぶんそうなんじゃないかなって、思うだけ。でもさ、理由はどうでもさ、ああいうことが起こるっていうのは否定《ひてい》できないよね。おじさんだって、見たんだし。」

「そうだね。」

「ああいうことって、ときどき起こるんだよなあ……。」

少女はそう言って、だまってしまった。

次の駅でわたしたちは電車をおり、中央改札口でわかれた。

五　祭の助っ人

盆踊《ぼんおど》りがすむと、秋祭りのシーズンになる。

盆踊《ぼんおど》りで奇妙《きみょう》な女に会ったのとは別の神社で、祭りがあった。神輿《みこし》が出て、境内《けいだい》の小さな舞台《ぶたい》でお囃子《はやし》に合わせた踊《おど》りが見られる。

踊《おど》りは、しろうとがおかめやひょっとこの面をかぶり、阿波踊《あわおど》りのようなものを踊《おど》るものだ。この季節になると、別の寺では薪能《たきぎのう》があり、そちらには、有名な狂言《きょうげん》師《し》がきたりするが、そういうものとは種類がちがう。

わたしは、教習所の踏《ふ》み切《き》りでジャンプをしていたバイクと赤いワンピースの女《じょ》性《せい》について、少女とは別の解釈《かいしゃく》を思いついていたので、それを少女に言いたくてしかたがなかった。それで、お祭りにいけば、ひょっとして少女がきているのではないかと思い、昼間でかけていった。

わたしの解釈《かいしゃく》というのはこうだった。

あれは、大学生かなにかのいたずらで、同じバイクが二台あり、赤いワンピースの女性《じょせい》もふたりいるのだ。そして、電車がくるたびに、いわば踏《ふ》み切《き》りジャンプショーみたいなものを電車の乗客に見せている。だから、電車から見えない教習所ではやってなくて、やっているのはふたつの教習所だけだ、というもの。

よく考えれば、それ以外にないではないか。

しかし、神社の祭りには、少女はきていなかった。

しかたなく、わたしは舞台《ぶたい》の上のひょっとこ踊《おど》りを見て帰宅《きたく》した。

ひょっとこの踊《おど》りといっても、登場するのはひょっとこだけではなかった。あいかたのおかめもいたし、紅白《こうはく》のキツネもいた。どういうわけか、獅子舞《ししま》いまでまじっていた。獅子舞《ししま》い以外の者は、踊《おど》り手《て》も、囃子手《はやして》もみな揃《そろ》いのはっぴを着ていた。

それぞれの動作には意味があるのだろうが、わたしにはわからない。それでも、見ているとなんとなくおもしろい。とはいえ、舞台《ぶたい》を見にきたわけでもなく、わたしは十分ほど見物して帰宅《きたく》した。

その日の夕がた、編集者《へんしゅうしゃ》と約束があり、いつものデパートの二階のカフェで打ち合わせがあった。

打ち合わせといっても、二種類あって、次の作品はどういうのにしようかという、いわば本格的《ほんかくてき》な打ち合わせと、それから、打ち合わせと称《しょう》して、食事をごちそうになるというものがある。

わたしの場合、前者の本格的《ほんかくてき》打ち合わせで、何かいい案が浮《う》かぶことはめったにない。だから、そういう打ち合わせは年々減《へ》ってきている。案が浮《う》かぶのは、後者だ。

編集者《へんしゅうしゃ》と鰻《うなぎ》などを食べながら、子どものころ読んだ図鑑《ずかん》の話をしているうちに、

「図鑑《ずかん》っていったら、動物の図鑑《ずかん》と乗り物の図鑑《ずかん》が双璧《そうへき》だよね。だけど、乗り物の図鑑《ずかん》っていっても、七福神の宝船《たからぶね》とか、孫悟空《そんごくう》の筋斗雲《きんとうん》はのってないけどさ。」

とか、どうでもいい話になって、編集者《へんしゅうしゃ》が、

「じゃあ、このさい、そういう想像上《そうぞうじょう》の乗り物の図鑑《ずかん》はどうです？」

などと言ったのがきっかけで、そういう絵本が出ることになったりする。

しかし、その日の打ち合わせは、そういうのではなく、本格的《ほんかくてき》にして無益《むえき》な打ち合わせで、どうせ無駄《むだ》だとわかっているから、わたしは早く帰りたくてしかたがなく、わたしは編集者《へんしゅうしゃ》の希望をきいて、

「じゃあ、その線で考えてみるよ。」

と言って、会って一時間もたたないうちに、さきにカフェを出た。

祭りのときは、小さな空き地にテントが張《は》られ、そこで、祭りの関係者が酒を飲んだりして、楽しそうにさわいでいる。うちに帰るとちゅうにも、そういう場所があった。そこは、ふだんはコインパーキングなのだが、祭りのあいだは、車は入れさせない。地主が小さな祭りの集会所に使わせているのだろう。

その前を通りがかると、露地《ろじ》から、

「おじさん。」

と、少女の声が聞こえた。

綿《めん》のニットセーターの下は水色のクラッシュジーンズ。靴《くつ》はグレーのスニーカー。

いつもながら、おしゃれないでたちだ。

少女は露地《ろじ》でわたしを手招《てまね》きした。

「何？」

と、わたしは少女に近づき、少女が話しだすまえに、

「このあいだの教習所のバイクだけど……。」

と言った。

するとし、少女は言った。

「おじさん。『何？ このあいだの教習所のバイクだけど』じゃ、日本語がおかしいよ。『何』がさきなの？ それとも、教習所のことがさき？」

「じゃあ、教習所。」

と答えると、少女は、

「それなら、ちょっとむこうで。」

といって、露地《ろじ》の奥《おく》に入っていった。

小さな集会所から声が聞こえないくらいのところまでくると、少女は立ちどまり、ふりむいて言った。

「このあいだの教習所がどうしたの？　今度は、ダンプカーでもジャンプした？」

「そうじゃないよ。あれは……。」

わたしはそう言って、ジャンプするバイクについてのわたしの解釈《かいしゃく》を話した。

聞きおわると、少女は反論《はんろん》するでもなく、

「じゃあ、そういうことでいいよ。どう思おうと、おじさんの自由だし。そんなことより、おじさんが見たいようなものがあるんだよ。」

と言って、はじめに少女がいた場所にもどっていった。

そこから、小さなテントの中が見えた。

少女がテントの中を見ているので、わたしも少女のうしろに立って、中を見た。

三人の男がテーブルをかこんで、ビールを飲んでいた。

三人とも、白いはっぴを着ている。

ふたりはこちらから顔が見えた。だが、こちらには気づかないようだった。

ふたりとも若《わか》くはなく、五十のてまえか、少しすぎているかもしれない。そのうちのひとりはひょっとこの面を手に持って、

「……さんが、あ、ほら、おかめの役やっていた人ごぞんじかもしれないけど、あの人、役所の課長さんなんですよ。あの人もねえ……。」

と言った。

最初のところは聞こえなかった。

もうひとりがわって入るように言った。

「そうそう。あの人もたいへんだよねえ。祭りのたんびに呼《よ》び出《だ》されて、わたしたちにつきあわされるんだからねえ。踊《おど》りがちょっとうまいばっかりに。」

どうやら、三人は神社の踊《おど》りの関係者らしかった。

こちらに背《せ》をむけていた男が、うんうんとうなずき、コップの中のビールを飲みほした。そして、テーブルの上にあった朱色《しゅいろ》のキツネの面を手に取ると、

「それじゃあ、わたしはこれで失礼します。」

と言って、立ちあがった。

ほかのふたりも席を立った。

ひとりが、

「そうですか。もっとゆっくりしていってほしいんですが、ここ、九時までしか使えないんですよ。近所の住民がいろいろとね。」

と言うと、もうひとりが、隣接《りんせつ》した土地に立つ家を指さして、小声で、

「うるさいとか、もんくを言ってくるんですよ。」

と言ってから、小さくうなずいた。そして、言った。

「毎年、遠くから助っ人にいらしていただき、どうもありがとうございます。車のあるところまで、お送りしますよ。今年《ことし》もデパートの地下駐車場《ちゅうしゃじょう》ですか？」

「ここでけっこうです。ちょっと寄《よ》りたいところもありますから。」

こちらに背《せ》をむけてそう言った男の声は、妙《みょう》に清《す》んでいて、男にしては高い声

だった。

男がおじぎをして、こちらをむいた。

わたしと目が合った……、とは言えないだろう。

顔のむきからすれば、わたしと目が合ってもよかっただろう。でも、目は合わなかった。

その男には目がなかった。目だけではない。鼻も口もなかった。

かんたんに言うと、のっぺらぼうなのだ。

男は露地《ろじ》に出てくると、わたしたちの前を通って、繁華街《はんかがい》のほうに歩いていった。

ふたりの男は道に出て、それを見送っている。露地《ろじ》に立っているわたしたちには気づかないようだ。

「ほんとうなら、踊《おど》りもお囃子《はやし》も、地元の人間でまかないたいな。」

ひとりがそう言うと、

「まあ、そうだけど。うまいのが少ないんだから、しょうがない。それにしても、

ああやって、交通費も取らずに、ただでやってくれるんだから、ありがたい話だよ。」

「ほんと、ほんと。」

と言いながら、ふたりはテントにもどった。

「いこか。」

少女が小さな声で言うと、露地《ろじ》から出て、歩きだした。それは、繁華街《はんかがい》とは反対の方向で、わたしのうちがあるほうだった。

少女のとなりを歩きながら、わたしは言った。

「きみ、こっちじゃないだろ。」

「うん。でも、いいよ。ちょっと散歩しようよ。」

わたしは散歩につきあうことにして、ならんで歩いた。

のっぺらぼうを見たあとで、すぐに帰る気もしない。

少し歩いてから、少女が言った。

「こわかった？」

わたしは答えた。

「こわいっていうより、ぎょっとしたよ。近くをとおったときに見たけど、何か白いものをかぶっているようには見えなかったしねえ。」

「かぶりものをしていたら、あんなきれいな声は出ないよ。まあ、口でしゃべってるんじゃないだろうけど。口ないし。」

少女はそう言うと、くすくす笑った。そして、言った。

「遠くからきてるみたいだし、お祭りに目がないのかな。顔にも目がないし。」

そして、また笑った。

笑いがおさまると、少女は言った。

「そうかあ……。こわくなかったかあ……。」

こわくなかったようなことを言って、少女ががっかりしたのかと思い、わたしはつくろうように言った。

「まあ、きみといっしょにいると、いろんなことが起こるからねえ。それに、もしかしたら、なんかをかぶっていたのかもしれないよ。」

「ちがうよ。あれ、素顔《すがお》なんだよ。だけどさ、おじさん。何か誤解《ごかい》してない？」

「誤解《ごかい》？」

「うん。こわくなかったってきいたのは、のっぺらぼうのことじゃないよ。」

「え？　ほかにも何かいた？　もしかして、ほかのふたりも？」

「ちがうよ。あのふたりは近くの商店のオーナーだよ。おじさんだって、きっと見たことあるはずだよ。ふだんとかっこうがちがうから、わからなかっただけ。ふつうの人だよ。」

「じゃ、どこかに、別のおばけみたいなのがいたの？」

「そうじゃないよ。わたしがこわくなかったかってきいたのは、やっぱり、あのふたりのことだけど、どうして、あのふたり、平気でのっぺらぼうと話なんかしていられるんだ？」

言われてみれば、たしかにそのとおりだ。

ふたりの男も、のっぺらぼうの顔を見たはずだ。それなのに、ふつうに話し、ふつうに見送っていた。

わたしがちょっと考えてから、

「おそらく、あのふたりには、のっぺらぼうがふつうの顔に見えるんだよ。」

と答えると、少女は言った。

「そうかもしれないね。でも、ちゃんとのっぺらぼうに見えているんだけど、毎年きているみたいだし、もうなれちゃってて、今さら驚《おどろ》かないってこともあるかもだよね。だとしたら、もっとこわいよね。ああいうのが、ふつうの顔に見えて、正体がわからないのと、なれちゃうのと、どっちがこわい？　おじさん。」

「そうだなあ……。」

とわたしが言ったところで、少女はきゅうに話を変えた。

「そうだ。まだ、クレープ屋《や》が開いてるよ。おじさん、クレープ、食べにいこうよ。」

そう言うと、少女は道をとってかえし、繁華街《はんかがい》のほうに歩きだした。

その夜、わたしたちはもう、バイクのことも、のっぺらぼうのことも話さなかった。もっぱら、少女がわたしに仕事のことをあれこれきいて、わたしがそれに答えるというふうだった。そして、すでに閉《し》まっているデパートの前で、少女とわかれた。

六　しょうがない

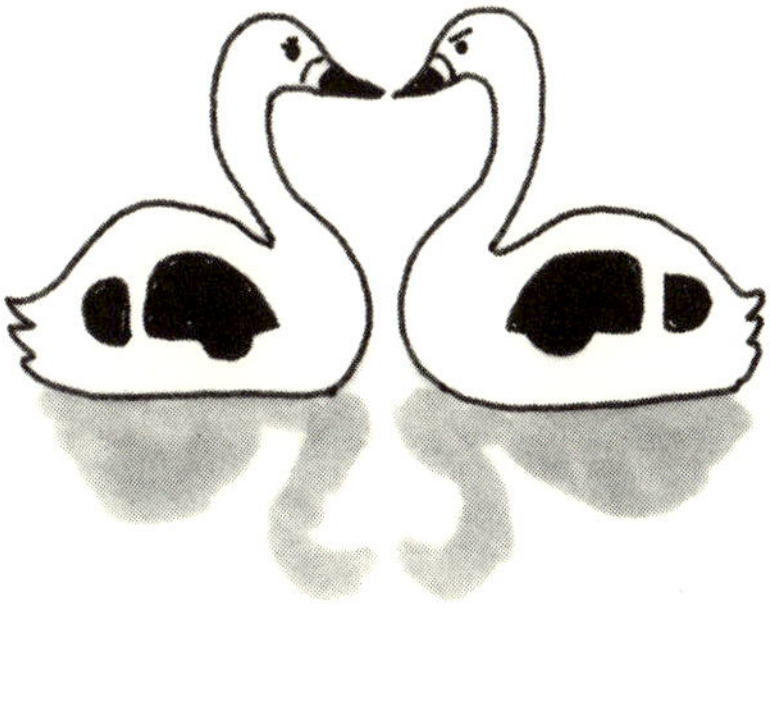

駅の南側にある都立公園には池があり、ボートに乗れる。

わたしは子どものころ、ボートが好きで、よくひとりで乗った。近くの川の対岸に、ボート乗場があったのだ。川には、そのころは国鉄という名称《めいしょう》だったJR線と、それから私鉄《してつ》の鉄橋がかかっており、その橋桁《はしげた》の近くにいくと、水が渦巻《うずま》いて、よくその渦《うず》をボートからのぞきこんだものだった。

そんな子どものころのことを思い出しながら、夕刻《ゆうこく》近く、わたしは都立公園の池のほとりのベンチにすわり、ボートをながめていた。平日だったので、そんなに数は出ていなかった。数えたわけではないので、正確《せいかく》な数字はわからないが、七、八艘《そう》は池に出ていたと思う。

ボートには三種類ある。まず、ふつうのローボート。それから、ふたり横にならんでペダルをこぐ、外輪船のような屋根つきボート。そして、仕組みはそれと同じだが、外見が白鳥型のもの。その三種類のボートが池の上にてんてんと浮《う》かんでいる。

そのうちの一艘《そう》、ふつうのローボートがゆっくりとわたしの前を通過《つうか》したとき、だれかがわたしのとなりにすわった。

「夏がすぎれば、恋《こい》も終わりね……だよ。」

いきなりベンチのとなりにすわってきて、藪《やぶ》から棒《ぼう》にそんなことを言う者はひとりしかいない。あの少女だ。

薄手《うすで》のピンクのニットセーターの下は、グレーの濃淡《のうたん》のチェックの膝上《ひざ》の半ズボン。黒いワークブーツをはいている。

顔を見て、

「やあ。」

と短い挨拶《あいさつ》をしてから、わたしは言った。

「夏がすぎれば、恋《こい》も終わりって、何かあったの、きみ。」

少女は声をおとして答えた。

「わたしには、何もないよ。あったのは、今、おじさんの前をとおったボートのカップルだよ。」

「今、とおったボートの?」

わたしはそう言って、ゆっくりと遠ざかっていくボートに目をやった。

水色の長袖《ながそで》シャツを着た男のうしろ姿《すがた》が見える。その背中《せなか》ごしに、ベージュのカーディガンをはおった女の顔が見えた。女は水面を見つめている。どちらも、年《ねん》齢《れい》は二十五、六といったところだろうか。

「あのふたり、どうかしたの?」

ボートから少女に視線《しせん》をもどしてそう言うと、少女は、

「まあね。」

とうなずいて、言った。

「恋《こい》が終わったんだよ。」

「どうして、そんなことがわかるんだ?」

と言いながらも、ひょっとして、カップルを見るだけで、そのカップルの関係とい

うか、状況《じょうきょう》というか、そういうことまで、少女にはわかってしまうのではないだろうか、とわたしは思った。

だが、そうではないようだった。

少女は言った。

「さっき、橋の上で、ふたりが話しているのを立ち聞きしたんだよ。春さきからつきあっていたらしいけど、このごろ、うまくいかなくなったみたい。女のほうが、つきあうの、やめようって言ってた。」

「男のほうは？」

「しょうがない……って。」

「だけど、そのふたりが、どうしてボートなんか、乗ってるんだ？」

「男のほうがさそったんだよ。」

「だけど、そういうとき、ボートにさそうかな。」

「そういうやつもいるよ。」

と言われて、ボートのほうを見ると、ボートは池のまん中あたりで、泊《と》まっている。軸《じく》を左にして、横むきになっている。男は女のほうを見て、オールをにぎってはいるが、こいではいない。女はこちらに顔をむけている。男のほうを見ないで、そっぽをむいているのだ。

一瞬《いっしゅん》、男がこちらを見た。だが、すぐにまた女のほうに視線《しせん》をもどした。

わたしは少女に言った。

「ひょっとして、きみがそばで立ち聞きしてるから、場所をボートに移《うつ》したんじゃないか。」

「そうかもね。だけど、話すことなんて、もうないでしょ。」

と言って、少女は、くくくと、笑った。そして、言った。

「ここ、公園だよ。公園ってどういう意味かわかるよね。みんなの庭っていう意味だよ。どこでどうしていようが、わたしのかってだし。」

「そりゃあ、そうだけど。マナーってもんがあるだろ。」

「マナー？　かんでたガムを池にはきすてるようなやつには、マナーをとやかくいう資格《しかく》はないよ。」

「わたしはそんなことをしたことはないよ。」

「おじさんじゃないよ。あの男だよ。話しているあいだに、ガムを池にはきすてた。女のほうは、男のそういうところも、いやだったんじゃないか。これは想像《そうぞう》だけど。」

「それで、きみがそばをとおったら、別れ話っていうか、そういうことになってたの？」

「ちがうよ。そういうような話をしているみたいだったから、近くにいって、顔を見てやれって、そう思ったんだよ。」

「そりゃあ、ちょっとおかしいだろ。顔がよくわからない距離《きょり》で、声が聞こえるわけがないじゃないか。」

「声でわかったんじゃないよ。そういうオーラが出てたんだよ、ふたりから。」

わたしは少女の顔を見て、言った。

「そういうオーラって?」

少女は真顔で答えた。

「恋《こい》のまっただ中にいるときは、赤いオーラ。気持ちがさめると、青いオーラが出るんだよ。ほら、赤く燃《も》える恋《こい》とか、ブルーな気分とかいうじゃない。」

その少女なら、そういうものが見えるのかもしれないと思い、

「ふうん。」

とつぶやくと、少女は言った。

「うそだよ。そんなオーラが見えるわけじゃないけど、そういう話をしているカップルは、遠くから見ても、なんとなくわかるんだ。ぴたってくっついているわけでもないし、小さな声で話すと聞こえないっていう、そういう距離《きょり》でもなくて。」

わたしは少女の名前も年齢《ねんれい》も知らない。ふたりで話すときは、あいての名前を知らなくても、そんなに不便ではない。それから、年齢《ねんれい》だって、知らないと都合が悪

いわけでもない。

身体《からだ》の大きさから見ると、少女は小学校高学年か、せいぜい中学二年生くらい、つまり十代前半なのだろうが、ときどき、かなりおとなびて見える。おとなびたことを言うのは、しょっちゅうだ。

ボートの終了《しゅうりょう》時間が近くなり、ボートが一艘《そう》、また一艘《そう》と乗り場のほうに引きあげていく。

池にのこっているのが、さっきのカップルのローボートと、白鳥型のボートの二艘《そう》だけになったとき、少女が言った。

「あのハクチョウボートって、オスが一匹《ぴき》で、あとは全部メスなんだよ。」

またおかしなことを言いだしたと思いながら、わたしが、

「なんで、そんなことがわかるんだ?」

ときくと、少女は、

「一匹《ぴき》っていうか、一台だけ、ハクチョウの目に眉毛《まゆげ》があって、ほかのにはないん

だ。そのかわり、まつ毛があるの。うそだと思うなら、帰りに見てみたら？」

と答え、それから、

「ハクチョウっていえばさ、このあいだ、バレエを見にいったんだ。『白鳥の湖』。外国のじゃなくて、日本のバレエ団《だん》だけど……。」

と言って、ひとあたりそのバレエの感想を言い、それから、ほかのバレエの話になった。

わたしはバレエにはくわしくないし、最後に見てから、たぶんもう十年以上たっている。もっぱら話し手は少女で、わたしは聞き役だった。

あたりがだんだん暗くなっていった。

「それで、クリスマスに、『くるみ割《わ》り人形』を見にいったんだけどね。」

と少女が言って、そのあと、いきなり、

「あっ！」

と声をあげた。

池の上で何かあったのかと思ったが、べつに変わったようすもない。

「どうしたの？」

ときくと、少女は西の空を見て言った。

「ほら、夕焼け。」

いつのまにか、夕焼けがひろがっていた。

ただの夕焼けではなかった。オレンジ色をとおりこして、真《ま》っ赤《か》なのだ。

真《ま》っ赤《か》な夕焼けという言葉があるが、その言葉どおりの色だった。そんな色の夕焼けは、しばらく見ていない。

それは、美しいというよりは、不気味だった。

少女がいきなり話題を変えた。

「おじさん。きょうの月齢《げつれい》、わかる？」

「月齢《げつれい》って、月の？」

「うん。」

「しらべれば、すぐわかるよ。」

と言って、わたしはスマホで検索《けんさく》した。

「今夜は新月みたいだね。晴れていても、月は見えないよ。」

わたしの言葉に、少女はいたずらが成功した男の子のような顔をした。

「やっぱ、新月か。だったら、今夜、おもしろいっていったら悪いかもしれないけど、おじさんが好きそうなことが起こるよ。今夜っていっても、正確《せいかく》にはあしただけど、午前二時だから。つきあってあげようか。」

「午前二時っていったら、真夜中だよ。わたしはこられるけど、女の子が外出する時間じゃないよ。」

「ここ、うちの庭みたいなとこだからね。とにかく、きょうっていうか、あしたの午前二時。橋の北側に茶店があるでしょ。あそこの自販機《じはんき》の前でどう？」

少女はそう言うと立ちあがり、橋のほうにむかってかけだした。

わたしはすぐに立ち、

「ちょっと待ちなさい。」

と言って、少女を追いかけたが、自分の両親はフェネックだと言っているだけあって、少女は足が速く、橋にたどりつくまえに、見失ってしまった。

いきなり走って、息がきれたわたしは、橋からボート乗場につながれているハクチョウ型のボートを見たが、目がどうなっているかまでは、わからなかった。

いつかたしかめてみようと思い、わたしはいったん帰宅《きたく》した。そして、夜中になってから、わたしはうちを出た。

公園の茶店の前についたときには、まだ二時には十分ほど時間があった。

公園の散歩道や橋には電灯があって、夜中でもけっこう明るい。防犯《ぼうはん》の意味もあるのだろう。

わたしは自動販売機《はんばいき》でコーヒーを買った。

コーヒーを飲みおわり、それを自動販売機《はんばいき》の横のボックスにすててから、時計《とけい》を見ると、一時五十八分だった。

顔をあげ、橋のほうを見ると、少女がむこうから、橋をわたってくるところだった。黒っぽいジャージの上下で、ゆっくり歩いてくる。

わたしは橋のたもとまでいって、少女を待った。

橋のまん中あたりまでくると、少女はわたしに気づき、立ちどまって、手招《てまね》きした。

わたしが少女のそばまでいき、

「こんばんは。こんな遅《おそ》くに出てきて、お父さんやお母さん、何も言わないの？」

と言うと、少女は、

「ふたりとも、もう寝《ね》てるよ。」

と、少女から見て左、わたしから見ると右のほうを見た。

そちらの方角には、道をひとつへだてて、動物園があるのだ。

少女の両親がかりにフェネックだとしても、少女はだれがどこから見ても人間なのだ。もし、そんな時間にふたりで公園にいて、警官《けいかん》がとおりがかり、何かきかれたら、めんどうなことになるのではないか。

じつはわたしはそれが心配だった。

少女は人の気持ちを見抜《みぬ》くのがうまい。そのときも、わたしが何を考えてるかわかったらしく、

「だいじょうぶだよ。おまわりさんがきたら、『パパ、そろそろ帰ろうか。』とか言うから。」

と言ってから、腕時計《うでどけい》を見た。

「あと三十秒だよ。二十八、二十七、二十六……。」

少女は文字盤《もじばん》を見て、秒読みをはじめ、五でやめた。

そのあと、わたしが心の中で、秒読みを引きついだ。
四、三、二、一、ゼロ。
ポチャリと、魚が池ではねた。

その瞬間《しゅんかん》、人の気配がした。

あたりを見まわしたが、人の姿《すがた》はない。あたりといっても、橋の両側は池なのだ。人が立っていることはありえない……、とわたしは思ったが、すぐに考えなおした。

ありえない？　いや、この少女といると、いろいろなことが起こるのだ。池に人が立つくらいのことは、じゅうぶんありえる！

しかし、そういうことはなかった。

池からにゅっと手が出ているなどということも、なかった。

手は出てこなかったが、それを想像《そうぞう》して、わたしは背中《せなか》がぞっとした。

少女はといえば、ジャージの上着のポケットに両手をつっこんで、近くの手すりを見ている。

そのとき、少女の黒いジャージに、フードがあることに気づいた。それがなかなかかわいらしいので、ほめようと、というよりは、あやしい人の気配をふりはらうのが目的で、

「そのフード……。」

と言いかけると、少女がポケットから右手を出し、人さし指を立てて、くちびるにあてた。

わたしは言葉をのみこんだ。

あいかわらず、人の気配がしていた。

しかも、今さっきより、それは濃《こ》い、というか、厚《あつ》いというか、つまり濃厚《のうこう》になっていった。

声は聞こえないし、姿《すがた》も見えない。

だが、橋の上には、だれかいるのだ。それも、ひとりやふたりではない。群衆《ぐんしゅう》といっていいほどの気配がするのだ。

わたしは息を殺し、気配の正体を見やぶろうと、あたりを見まわした。

やはり、だれもいない。

書斎《しょさい》で仕事をしているとき、うしろに気配を感じ、ふりむくと、だれもいないと

いうことがよくある。そういうとき、だれもいないのに、ふりむいたあとも、なんとなく人がいるような気がすることがある。それによく似《に》ていた。似《に》ているといっても、たとえていうなら、書斎《しょさい》での気配を透明《とうめい》な炭酸《たんさん》ソーダだとすると、橋の上のものは、濃《こ》いトマトジュースくらいの差があった。

わたしは、そこにだれか、それも、おおぜいの人がいることを確信《かくしん》できた。

しかし、その気配は一分もたたないうちに、うすくなっていった。そして、ほとんどなくなりかけたとき、耳元近くで、男の声が聞こえた。

「しょうがない……。」

とっさにわたしはふりむいた。

だが、そこにはだれもいない。

少女の顔を見た。

少女がにっと笑って、小さくうなずいた。

橋の上の群集《ぐんしゅう》の気配がすっかり消えた。

少女が橋の手すりによりかかって、つぶやいた。

「新しいと、声が残ることがあるんだよ。」

「新しいって？」

「だから、いろいろな思いとか、そういうやつ。」

「いろいろな思いって、どんな……？」

とは言ったものの、わたしにも見当はついていた。

〈しょうがない〉という男の言葉を橋の上で少女が聞いてから、まだ十時間たっていないだろう。だから、まだ新しいのだ。

少女が言った。

「この橋の上で、別れ話をするカップル、けっこういるんだよ。カップルでこの橋をわたると、わかれちゃうっていうううわさがあるんだ。」

そういう話は、わたしも耳にしたことがある。

わたしがだまっていると、少女は言葉をつづけた。

「なんていうのかな、男の人と女の人の、そういう思いみたいなのが橋にたくさん残っていて、夕焼けが異常《いじょう》に赤い新月の夜中の二時に、今みたいになるんだ。べつに害はないよ。」

それから、

「あ、魚がはねた。」

と言って、手すりから池に少し身をのりだした。だが、すぐに身体《からだ》を起こし、わたしを見て、言った。

「おじさん。しょうがないって言葉の意味、知ってる。」

「しょうがない。つまり、やりかたがないってことだ。なすすべがないってことだね。」

わたしが答えると、少女はうなずいた。

「やっぱ、知ってるよね。言葉がおじさんの商売だもんなあ……、っていうか、常識《じょうしき》か。だけど、しょうがないって、そりゃあ、そうかもしれないけど、今まで、何か、やりようがあったと思うんだよね。何もしないでおいて、今ごろ、しょうがないって、そんなこと言ってるんだからなあ。まあ、あんなダサい水色のシャツなんか着てる男なんて、そんな程度《ていど》かな。」

「水色のシャツが、どうしてダサいの？」

「だって、おじさん。もう秋だよ。ま、いいけど。」

少女はそう言って、わたしの胸《むな》もとを見た。

そのときわたしは、ベージュのジャケットの下に、白地に細いストライプのシャツを着ていた。

水色のシャツを着てこなくて、よかった……。

そう思ったとき、少女は、

「おじさん。わたし、のどがかわいちゃった。そこの自販機《じはんき》で、ジュース買ってくれる？」

と言って、わたしが缶《かん》コーヒーを買った自販機《じはんき》のほうにむかって歩きだした。

自動販売機《はんばいき》で買った小さなペットボトルのオレンジジュースをいっきに飲《の》み干《ほ》すと、少女は容器《ようき》をボックスに捨《す》てて、

「ごちそうさま、おじさん。じゃ、またね。」

と言って、もときた道を走り、橋をわたっていってしまった。

数日後、昼間、ボート乗場にいってみると、つないであったハクチョウボートは、一台だけ眉毛《まゆげ》があり、ほかのにはなくて、かわりにまつ毛がかかれていた。

七　ボランティア

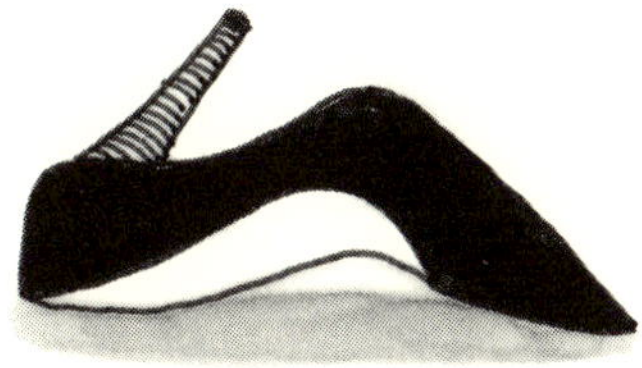

十月のはじめの、どんよりと曇《くも》った平日だった。

銀座《ぎんざ》に用があり、朝のラッシュが終わったころ、電車に乗ろうと駅につづくアーケード街を出たところで、少女のうしろ姿《すがた》が見えた。駅前ロータリーの、小さな公園のようになっている安全地帯に立っている。

近よって、

「おはよう。」

と声をかけると、少女は駅のほうを見たまま、

「おはよう、おじさん。」

と答えた。

白いGジャンの下は、白地に黒のチェックのワンピース。ハイカットの白いスニーカーをはいている。

「何してるの?」

ときいてみる。

どうせ答えないだろうと思ったら、返事が返ってきた。

「ボランティア。」

思わず、ききかえしてしまう。

「ボランティア？」

「そうだよ。」

少女がどこを見ているのかと、視線《しせん》を追えば、数十メートル先の駅前の交番のほうを見ている。

交番の前には、制服《せいふく》の警察官《けいさつかん》が立っている。ちょうどロータリーにリムジンバスが入ってくるところで、そちらのほうを見ている。

バスが交番の前にさしかかり、視界《しかい》がさえぎられたところで、ようやく少女はわたしを見た。

「おじさんは？」

「ちょっと用事があって、銀座《ぎんざ》にいくところ。それより、きみ、ボランティアはいいけど、学校は?」

ときいてしまってから、つまらないことを言ったと後悔《こうかい》した。

どうせ答えないか、はぐらかしたような返事がかえってくるにきまっているのだ。

少女は真顔で答えた。

「ここが学校だよ。」

社会が学校だという意味なのだろう。

わたしは言った。

「だけど、おまわりさんに、何か言われたら、めんどうなことにならないか?」

少女はこともなげに答える。

「おとながいっしょにいたら、何も言ってこないよ。」

「そりゃあ、今はそうかもしれないけど、さっきまできみ、ひとりだったじゃない。」

とわたしが言うと、少女は真顔のまま言った。

「さっきはさっき、今は今。それに、さっきもひとりじゃなかったし。」

「ひとりじゃなかったって？」

「ひとりじゃなかったよ。おじさんなら、見えたと思うんだけどな。わたしのまわりに、たくさんいたでしょ？」

「それは通行人だろ。」

「通行人？　まあ、通行人っていえば、通行人かもしれないけど、ああいうの、通行人っていうかな。」

「じゃ、なんていうの？」

「幽霊《ゆうれい》。」

と言いきって、少女はまた交番のほうに目をやった。

わたしはぞっとして、思わず左右を見てしまった。

少女が交番のほうを見たまま、言った。

「冗談《じょうだん》だよ。」

リムジンバスはとっくにとおりすぎ、警察官《けいさつかん》はこちらを見ている。

「また、そういう……。」

と言いかけたところで、少女は言った。

「それに、めんどうなことになるのは、わたしじゃなくて、おまわりさんだよ。わたしは、何をきかれたって、言いのがれる自信があるけど。」

いったい、警察官《けいさつかん》が少女に職務質問《しょくむしつもん》したら、どういうめんどうなことが起こるのか、きいてみたくなったが、きくかわりに、ちょっと想像《そうぞう》してみた。

警察官《けいさつかん》が少女に話しかける。

少女はおもしろがって、いかにも怪《あや》しい答えをする。たとえば、ひょっとして、この子、家出したんじゃないかと、警察官《けいさつかん》が疑《うたが》うようなことを言う。

交番までできなさいということになって、警察官《けいさつかん》が少女を交番につれていき、いすにすわらせた……ところで、ちょっと目をはなしたすきに、少女がいなくなっている。

そうなると、警官《けいかん》は交番周辺をさがさねばならなくなる。

当然、少女は見つからない。

そこへ、警官《けいかん》の上司がきて、警官《けいかん》が何をしているのかをたずねる。

家出したかもしれない女の子を交番につれてきたのだが、いなくなってしまったと報告《ほうこく》せざるをえない。

「きみ、いなくなったって、それ、どういうことだ？　保護《ほご》した家出少女が交番から消えて、そのあと、事件《じけん》に巻《ま》き込《こ》まれでもしたら、交番は、いや、警察《けいさつ》は何をやってたんだってことになるぞ。」

ということになる……のではないだろうか。

たしかに、警官《けいかん》にとって、めんどうなことになる。

そんなことを考えていると、わたしの顔を見て、少女が言った。

「おじさん。何考えてるの？」

「いや、べつに……。」

と答えると、少女が言った。

「おじさん。時間ある？」

用といっても、ちょっと見たいものがあるだけだったから、

「だいじょうぶだけど。」

と答えると、少女は、

「じゃ、おじさん。わたしのボランティアにつきあってよ。」

と言って、交番のほうに目をやり、つぶやいた。

「あいつ。悪さをしようとしているんじゃないかと思うんだ。」

「あいつ？　あいつって？　もしかしたら、あそこに立っている警官《けいかん》？」

わたしが交番のほうを見てそう言うと、少女は答えた。

「ちがうよ。警察官《けいさつかん》が悪いことをしたら、世の中、おしまいだよ。そうじゃなくて、ほら、指名手配者の写真なんかがはってある掲示板《けいじばん》みたいなやつ。その前にいるじゃない。」

そう言われても、そこにはだれもいない。

「また、冗談《じょうだん》？」

と言うと、少女は首をふった。

「今度は冗談《じょうだん》じゃないよ。」

「冗談《じょうだん》じゃないって？　わたしには見えないけど。」

わたしがそう言ったところで、少女は、

「あっ。動きだした。」

とつぶやき、歩きはじめた。

少女は横断《おうだん》歩道をわたると、改札口にあがる階段《かいだん》をのぼっていった。

わからないまま、わたしはついていく。

ラッシュの時間はすぎている。人は多くない。

電車からおりてくる人はそれなりに多いが、反対に、改札口にむかう人は少ない。

少女の前をいくのは若《わか》い女性《じょせい》で、地味なベージュのワンピースを着ている。

少なくとも、その女性《じょせい》は交番の掲示板《けいじばん》の前にはいなかった。いや、わたしが見落としただけかもしれない。いやいや、やっぱりいなかったはずだ。

そんなふうに思いながら、少女についていくと、少女がちらっとふりむいて、

「おじさん。スイカ用意して。駅に入るから。」

と言った。

わたしは言われたとおり、財布《さいふ》からスイカを出した。

ベージュのワンピースの女が改札口を通過《つうか》する。

数メートル遅《おく》れて、少女が改札口をとおり、それにわたしがつづく。

女が快速《かいそく》のホームにあがるエスカレーターに乗る。

少女もそうするかと思ったら、エスカレーターには乗らず、横の階段《かいだん》をかけのぼった。わたしも階段《かいだん》をかけのぼった。

少し息がきれた。

ホームにあがったところで、ちょうど女がエスカレーターからおりた。

ホームはいわゆる島式ホームで、両側に線路がある。

女は上り電車の進行方向でいうと、うしろのほうに歩いていく。

少しはなれて、少女がついていく。

もはや、少女がその女を追跡《ついせき》、というか、尾行《びこう》しているのは明らかだった。だとすると、悪さをしようとしているのは、その女ということとなる。

女はすりか何かなのだろうか？　しかし、そのようには見えない。といっても、では、すりはどのようなかっこうをしているかという、そういうイメージがあるわけでもないし、いかにも悪人に見えるすりもいないだろう。

上下線とも、電車はいったばかりのようで、ホームにはあまり人はいない。

いちばんうしろの車両が停まるあたりをとおりすぎ、女はそのままホームのはじまでいって、立ちどまった。

ホームの黄色い線まで二メートルというところで、ぼんやりと下り方向をながめている。

少女は追跡《ついせき》を中断《ちゅうだん》して、ベンチに腰《こし》をおろした。

わたしは少女のとなりにすわり、女に目をやった。

少女も女のほうを見ている。

いや、そうではない。少女が見ているのは、女ではなく、女の近くの虚空《こくう》だ。

「何か、見えるの？」

小さな声でそう言って、少女の視線《しせん》の先を見たが、かわったものは何もなく、人さえいない。

電車が停まらないホームのはじに、人がくるわけもない。くるとすれば、せいぜいカメラを持った鉄道マニアくらいのものだろう。それらしい人もいない。

「あの女の人が、何か悪いことをするの？」

わたしがそう言うと、少女はそれには答えず、

「もう少ししたら、あの人のそばにいくから、わたしが合図をしたら、あの人にとびついて。」

と言った。

女が仮《かり》にすりだったとしても、ホームに立っているだけでは、つかまえることはできない。それどころか、こちらが加害者にされてしまうかもしれないではないか。

「とびつくって？　それじゃあ、こっちが痴漢《ちかん》とまちがえられるじゃないか。」

わたしがそう言うと、少女はわたしをちょっと見て、

「まあ、そうかもしれないけど、何ごとも危険《きけん》はつきものだよ。痴漢《ちかん》にまちがえられる心配より、とびついたひょうしに、あの人といっしょに、線路に落ちないようにしてよ。」

と言うと、視線《しせん》を女の近くにもどした。

「わかったけど、線路に落ちたくらいじゃ、ちょっとけがするだけだ。痴漢《ちかん》にまちがえられるよりいい。」

とわたしが言うと、少女は短く言いきった。

「死ぬよ。」

「そりゃあ、電車がきたらそうかも……。」

と言いかけたところで、上りの電車がくるアナウンスが流れた。

そのときになって、ようやくわたしは、女の手前に何かある、というか、何かいるような気がした。

はっきり見えたのではない。

見えたのであれば、その何かが視界《しかい》をさえぎって、こちらから女が見えなくなるはずだ。

たとえていうなら、女のすぐ手前に、形がはっきりしない透明《とうめい》なアクリル板があるような……。

少女が言った。

「そろそろ、おじさんにも、見えるようになったんじゃないか?」

「見えないけど、なんだか変だというのはわかる。」

いちばん近いたとえでは、やはり、透明《とうめい》なアクリル板だ。

それが、もそもそと動きだし、女をつつみこんだ。

動いているのがわかったせいで、それが板状《ばんじょう》ではなく、厚《あつ》みのあるものだとわかった。大きさもはっきりしてきた。

もはや、アクリル板という感じではなくなっていた。

人間がすっぽりと入るびんというのが、いちばん近い。びんなら、形は変わらないが、それはうねうねと動いている。高さ二メートルほどの、形を変えるびんといったらいいだろうか。

透明《とうめい》だったものが、だんだん水色になってきた。

近づいてくる電車の音が聞こえはじめた。

プワーン……。

電車が警笛《けいてき》をあげた。

女が、はっとしたように顔をあげ、数歩しりぞいた。そのため、女の身体《からだ》が水色のものから、半分はみだした。

水色のものは、女にややおくれてしりぞいた。それでまた、女がそれにつつみこまれるようになった。

水色のものに濃淡《のうたん》ができてきた。そうなるともう、びんという感じはしなくなってきて、水色の薄《うす》い靄《もや》というふうになってきた。

上りの電車が入ってきて、スピードを落とし、やがて停車した。

ドアが開いた。

何人もの人がおり、同じくらいの数の人が乗った。

ドアが閉《し》まり、電車が発車する。

少女が言った。

「次かな。通過《つうか》する特快《とっかい》にする気だ。特快《とっかい》なら、スピードを落とさないから。」

わたしは言った。

「次って、ひょっとして、あの人、ホームから……。」

「たぶんね。」

「じゃあ、止めたほうがいい。」

「そりゃあそうだけど、どうやって？　そばにいって、自殺はいけませんって、そう言うの？　そんなこと言っても、たぶんむだだよ。もう、わからなくなってるんだよ。」

「わからなくなってるって？」

「自分が何をしようとしているのか、よくわからないんだ。」

「それなら、なおさらだ。止めなきゃ。」

「だから、どうやって？　駅員さん、呼《よ》んでくるの？　飛び込《こ》み自殺しそうな人がいるから、きてくれって？」

「それがいいかもしれない。いってくる。」

と言って、わたしが立ちあがると、少女は冷たい口調で言った。

「あ、そう。じゃあ、いってらっしゃい。だけど、あと五分で特別快速《かいそく》が通過《つうか》するから、いくなら、いそいだほうがいいかもね。」

「あと五分？」

わたしは駅員を呼《よ》びにいくのをためらった。

わたしはしばらくまえ、その駅の改札口の外のベンチで、老人がぐったりしているのを見たことがある。天井《てんじょう》を見あげるようなかっこうで、両手をだらりとさげていたのだ。

急病かもしれない。それなら、駅員に知らせたほうがいいと思っていると、ひとりの青年がその老人に声をかけた。

だが、まるでぐっすりと眠《ねむ》っているかのように、老人は動かなかった。

青年はかがみこんで、老人の肩《かた》をゆすったが、老人はぴくりとも動かない。

近くにいるわたしを見て、青年が言った。

「すみません。このおじいさん、ようすがおかしいから、ぼく、駅員さん、呼《よ》んできます。ちょっと、見ていてくれませんか。」

わたしがうなずくと、青年は走っていってしまった。

そのうち、人が集まってきて、その中のひとりの女性《じょせい》が、医師《いし》か看護師《かんごし》なのだろう。老人の手を取って、脈を計った。

「だいじょうぶだと思いますが、念のため、救急車を呼《よ》んだほうがいいかもしれません。」

だれに言うともなく、女性《じょせい》がそう言った。

急にどうにかなってしまうようではないので、わたしはほっと安心し、女性《じょせい》に言った。

「今、若《わか》い人が駅員を呼《よ》びにいきました。」

「そうですか。」

と答えてから、その女性《じょせい》がまわりの人たちに言った。

「なんでもありません。」

女性《じょせい》がそう言うと、集まってきた人がひとり去り、ふたり去りしだして、見物している人はいなくなった。

そのうち、若者《わかもの》が駅員をつれてもどってきた。時間をはかったわけではないが、若者《わかもの》が走っていって、駅員をつれてもどってくるまで、はらはらして待っていたせいか、ずいぶん時間がかかったような記憶《きおく》がある。五分では、もどってこなかったような気がする。

老人の容態《ようだい》は危険《きけん》なものではないようだったが、結局、老人は駅員が呼《よ》んだ救急車ではこばれていった。

いきがかり上、老人の脈を計った女性《じょせい》と青年、それからわたしの三人は、駅員といっしょに、救急車を見送ることになったが、救急車がいってしまうと、青年がぽつりと、

「たいしたことなさそうでよかったけど、これだったら、あの場ですぐ救急車を呼《よ》んだほうが早かったですよね。」

と言った。

そのときのことを思い出していたわたしに、少女が言った。

「五分で駅員さんともどってこられたとしても、駅員さんに何ができるの？『だいじょうぶですか？』とか、声をかけるだけだよ。ちっともだいじょうぶじゃないよ。もしかして、鈍感《どんかん》なやつだったら、女の人がそこに立っているようにしか見えないかもね。おじさんがやったほうが、手っ取り早いよ。」

たしかにそうかもしれなかった。

わたしはベンチにすわりなおした。

女のほうを見ると、女をつつんでいる靄《もや》のようなものが水色から青になりかかっている。

「なんだか、色が変わったみたいだけど。」

わたしがそう言うと、少女は、

「色的には、ちょっとまずいんだけど、まだ、電車こないし。」

とあわてるようすもなかったが、そのとき、下りの特別快速《かいそく》が通過《つうか》するというアナウンスが入った。すると、

「あ、そうか。そっちかも。特快《とっかい》なら、上りも下りもスピードを落とさない。」

と言って、少女は立ちあがった。

わたしも立った。

靄《もや》につつまれた女が、よろけるように、黄色い線の手前まで進んだ。

電車が小さく見えてきた。

まだ、音は聞こえない。

だが、せいぜいあと数十秒だろう。

少女が歩きはじめた。

つられて、わたしも歩きだした。

女まで数メートルというところで、猛《もう》スピードで近づいてくる電車の行き先表示《ひょうじ》が見えた。

東京……。

「おじさん。今よ。あの人の背中《せなか》に抱《だ》きついて、うしろにたおれて！」

躊躇《ちゅうちょ》している時間はなかった。
わたしは小走りに女に近づくと、背中《せなか》に抱《だ》きつき、女といっしょにうしろにたおれた。
たおれたとき、女の黒いパンプスがかたほうぬげて、ホームにころがったのが見えた。
上りの特別快速《かいそく》が通過《つうか》していく。
なぜか、その音は聞こえなかった。
電車がいってしまうと、わたしは立ちあがった。
ホームにふえてきた人たちがこちらを見ているのがわかった。
女はぐったりと横になったままだ。
いつのまにか、靄《もや》は消えていた。
少女が小声でわたしに言った。
「病人が出たから、駅員を呼《よ》んでくれって、見ている人たちに言って！」

わたしはうなずき、見物人たちにむかって、大声をあげた。

「すみませーん。病人が出たみたいなんで、駅員さんを呼《よ》んでくれますか。」

大学生らしい青年が軽く右手をあげて、階段《かいだん》のほうに走っていった。

こういうとき、役に立つのはいつも青年だ。

ぞろぞろと人が近よってきた。

わたしは女を起こし、ホームにすわらせた。

女はどんよりとした目で、なすがままにされている。

「ベンチにすわらせたほうがいいんじゃないですか。」

身体《からだ》のがっちりした若《わか》いビジネスマン風の男がそう言い、わたしが、

「そうですね。」

と答えると、女を軽々と抱《だ》きあげ、ベンチのほうにはこんでいった。

轟音《ごうおん》をたてて、下りの特別快速《かいそく》が通過《つうか》していくと、つぎに上りの快速《かいそく》がホームに入ってきた。

停車した電車のドアが開き、五、六人の乗客がおりてきた。

少女が言った。

「乗ろっ、おじさん。」

わたしが少女につづいて電車に乗ると、ドアが閉《し》まった。

走りだした電車のドアの窓《まど》から、ベンチにすわっているベージュのワンピースの女が見えた。

だれかがひろってきて、はかせたのだろう。両脚《りょうあし》とも靴《くつ》をはいていた。数人の男女がベンチをかこんでいる。

「きちゃって、よかったのかな。」

わたしがそう言うと、少女は、

「あれ以上、することはないよ。救急車が病院にはこんでくれる。病院でお医者にきかれたら、あの人、ホームでめまいがしてたおれたとか言うよ。何があったかなんて、おぼえてないと思う。」

と答え、いつものように、いきなり話を変えた。

「おじさん、銀座《ぎんざ》にいくんだっけ？」

「そうだけど。」

「それ、急用？」

「いや、急用ってこともない。」

「じゃあさ。その用事はあしたにして、新宿で、映画《えいが》見ない？　わたし、見たいのがあるんだよね。」

「いいけど……。」

と言って、その日は新宿で映画《えいが》を見て、老舗《しにせ》のだんご屋で、名物のだんごを食べて、ふたりで電車で帰ってきた。

駅前でわかれるとき、ずっとききたかったことを少女にきいてみた。

「あのさ。あの水色の靄《もや》みたいなやつだけど、あれ、なんていうか、死神みたいなやつかな。」

「死神？」

とわたしの言葉をくりかえしてから、少女は言った。

「うーん。死神かあ。死神なんて、見たことないから、わかんないけど、たぶん、ちがうんじゃないか。」

「じゃあ、何、あれ……。」

と言いかけると、少女は、

「じゃあ、またね。おじさん。映画《えいが》、ありがとう！」

と言って、動物園のあるほうにかけだした。

だが、五、六メートルいったところで、少女はきゅうに立ちどまり、こちらをむいて大声で、

「きょうは、ボランティアにご協力いただき、ありがとうございました！」

と言い、深々《ふかぶか》とおじぎをした。そして、少女はくるりとこちらに背《せ》をむけ、走っていってしまった。

エピローグ

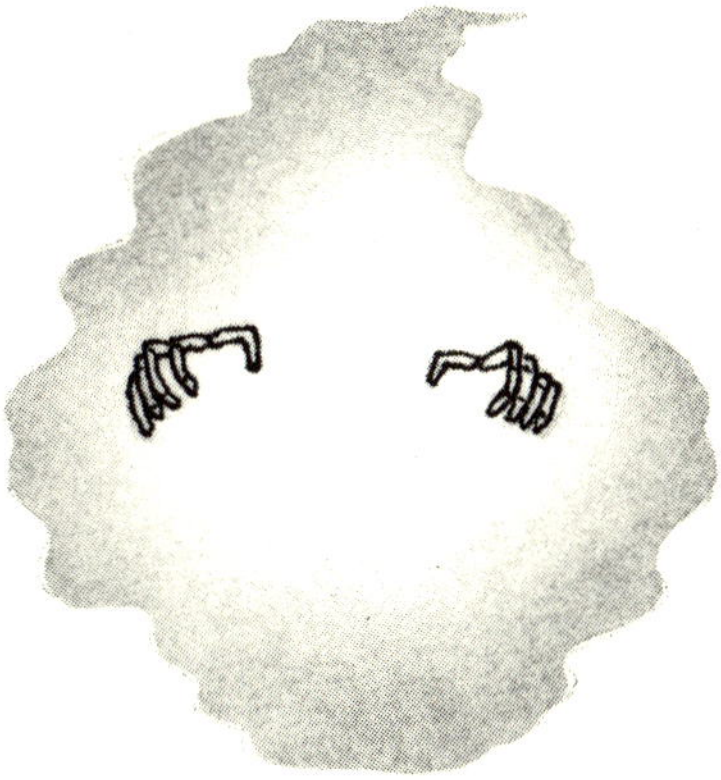

少女と新宿に映画《えいが》を見にいってから、半月ほどたった土曜日の午後、デパートの北側の道にある駄菓子屋《だがしや》をのぞいていると、うしろから声をかけられた。

「おじさん。」

ふりむくと、少女だった。

白地に細い黒のストライプが入ったオーバーオールの下は、黄色いニットセーターで、みょうに子どもっぽく見えた。足もとを見ると、セーターに合わせたのか、黄色いスニーカーで、それがますます印象を子どもっぽくさせている。

わたしが店の外に出ようとすると、少女は、

「ポテチ、買おうよ。天気いいし、三蔵法師《さんぞうほうし》のお寺にいって、食べよう。」

と言った。

言われるままに、ポテトチップスを買い、外に出ると、少女は自動販売機《はんばいき》の前に立っていて、こちらも見ずに、

「わたし、ペットボトルのオレンジ。小さいやつね。」

かみふうせん
グレープ
オレンジ
イチゴ
ミルクせんべい
ミルクせんべい
ミルクせんべい
梅ジャム
にんじん
にんじん
にんじん

と、あたりまえのように言った。

これも言うとおりにし、オレンジジュースと、自分の分の炭酸《たんさん》飲料を買うと、少女は二本のペットボトルを持って、大通りにむかって歩きだした。

近くには、三蔵法師《さんぞうほうし》の像《ぞう》のある寺がある。

いつでも門が開いていて、だれでも入れるし、ベンチもある。春には、わたしはそこで花見をすることにしている。りっぱな桜《さくら》の木があるのだ。

その寺にいくと、少女はベンチにすわった。

わたしがとなりに腰《こし》をおろすと、少女はわたしとの間に、ペットボトルを置いた。

わたしはポテトチップスの袋《ふくろ》を開き、袋《ふくろ》ごと少女にわたした。

「どうもありがとう。」

と言いながら、少女は袋《ふくろ》を手に取ると、中からひとつ出し、パリッを音をたてて食べた。そして、それを飲みこんでから、言った。

「おじさん。あの駄菓子屋《だがしや》さんに、よくいくの？」

わたしは炭酸《たんさん》飲料のペットボトルを手に取り、ふたをあけながら言った。

「よくはいかないけど、たまにね。」

「ふうん。ノスタルジーってやつ？」

「ノスタルジーって？」

「小さいときのこと、思い出すってこと。」

「そうかも。だけど、今の駄菓子屋《だがしや》って、わたしが子どもころに売ってたものとは、おいてあるものがずいぶんちがうんだよ。」

どういうふうにちがうのかはきかず、少女は唐突《とうとつ》に話を変えた。

「このあいだの、もやもやだけどさ……。」

あのあと、わたしはあの靄《もや》みたいなものの正体を考えた。

少女は死神じゃないようなことを言っていた。しかし、やることは死神っぽいではないか。靄《もや》にくるんで、ベージュのワンピースの女に、自殺させようとしたのだし。

ともあれ、正体について、わたしに考えがないでもなかった。

少女が言葉のさきを言わないので、わたしはちがう角度からきいてみた。

「あの女の人、自分がやってることがわからなくなってるって、きみ、そう言ってたよね。」

少女は答えた。

「うん。正確《せいかく》に言うと、たぶん、ほとんどわからなくなっていたってとこかな。」

「つまり、あの靄《もや》みたいなやつのせいで、意識《いしき》が朦朧《もうろう》としていたってこと?」

「そうだと思う。でも、あのもやもやに出会うまえから、頭がもやもやしてたんだよ。人生、あんまり楽しくないんだろなあ。」

「どうして、そんなことがわかるんだ?」

「ああいうやつは、そういう人しか、ねらわないんだよ、たぶん。」

と言ってから、少女はオレンジジュースのふたをあけ、音をたてて、ゴクリと飲んだ。

「ああ、おいしい！」

と言って、少女は言葉をつづけた。

「わたしね、ああいうのに会ったの、二度目なんだ。最初におじさんに会う前だよ。場所はあそこじゃなくて、駅の公園口。朝、とおりがかったら、なんか感じたんだよね。このあいだ、おじさんも見ただろうけど、あれとほとんど同じだった。ただ、気づくのがおじさんより、わたしのほうが早いんだよ。」

少女がそこでだまってしまったので、わたしは先をうながした。

「それで？」

「それでって、そのときは、四十歳《さい》くらいの、なんだかくたびれきったサラリーマンみたいな人だったけど、その人がとおりすぎたら、もやもやがついていったんだ。気になったから、わたしもついていった。」

そこでまた、少女が口をつぐんだ。

「それで、どうなったの？」

わたしがふたたびうながすと、少女はつぶやくように言った。

「死んだよ。」

「死んだ?」

「うん。もやもやにつつまれて、ホームから転落して、入ってきた電車にひかれて死んだ。はじめはほとんど見えなかったもやもやが、水色になって、それから青になって、その人が落ちたときは、ほとんど紫色《ひらさきいろ》だった。だから、このあいだも、水色のうちはだいじょうぶだと思ったんだ。」

「そうだったのか。」

「うん。だからさ、やっぱり今度も同じことが起こると思ったんだよ。わたし、おじさんと会った場所から見ていて、交番のところに、あいつがいることに気づいたんだ。それで、見張《みは》っていたら、そこをあの女の人がとおってさ。もやもやが女の人についていったから、追いかけたってわけ。あいつ、選んでたんだと思うな。選んでいたっていうか、待ってたんだと思う。」

「生きてくのがいやになっちゃってるような人を？」

「いやになっちゃってるまではいかなくても、まあ、そんな感じかな。あのとき、おじさんに止めてもらわなくても、いつか、今度はもやもやなしで、自殺しちゃうかもしれないけど、だからって、これからすぐに自殺しちゃうってわかってるのに、ほっておけないよね。だけど、おじさんがきてくれて、よかったよ。わたしだけじゃ、あの人、ころばないで、線路に落ちちゃったかも。」

「それで、あの靄《もや》みたいなものの正体はなんだと思うの？」

「おじさんは、どう思う？」

そうきかれ、わたしは自分の考えを言った。

「死神じゃないとすれば、ほら、夜中の公園の橋の上の気配。あれと似《に》たようなものじゃないかと思うんだよ。あそこ、サラリーマンとかＯＬとか、いっぱい通るだろ。朝なんか、みんな、あんまり楽しそうじゃないよね。会社にいくのがいやだったりするんじゃないか。ほかにも、いろいろいやなことがあって、もううんざりしちゃってるとするだろ。そういううんざり感が、あのあたりにたまっちゃってて、なんていうかな、念みたいなやつ、大勢《おおぜい》のうんざり感の念が、あんなふうになるんじゃないかって。ちがうかな。」

「そんなとこだろうって、わたしも思うよ。だからさ、よく似《に》てるけど、最初にわたしが見たもやもやと、このあだいのとは、別のものだと思うんだ。なんていうかさ、エネルギーみたいなものだとしたら、ホームから落ちて、電車とぶつかったら、拡散《かくさん》しちゃうんじゃないかって、そう思うんだよね。だから、しばらくはだいじょうぶじゃないかな。」

それから、少女はだまって、ポテトチップスを食べ、ジュースを飲んだ。

袋《ふくろ》もペットボトルもからになると、少女は言った。

「もやもやの正体がなんであってもさ、ホームドアをつければ、飛び込《こ》み自殺は激《げき》減《げん》するよ。ゼロになるんじゃないか。」

「そのうち、あの駅にも設置《せっち》されるよ。」

「そうかもね。だけど、東京中のぜんぶの駅にホームドアが作られるまでに、あと何人死ぬのかな。」

そう言うと、少女は立ちあがり、

「おじさん。いつも、ごちそうさま。このあいだは、映画《えいが》見せてもらっちゃったしね。あれ、おもしろかったなあ。じゃ、またね。」

と言って、山門のほうに歩いていった。

作者　斉藤洋（さいとう・ひろし）
1952年東京に生まれる。1986年『ルドルフとイッパイアッテナ』で講談社児童文学新人賞を受賞。1988年『ルドルフともだちひとりだち』で野間児童文芸新人賞を受賞。1991年「路傍の石」幼少年文学賞を受賞。2013年『ルドルフとスノーホワイト』で野間児童文芸賞を受賞。主な作品に、『ルーディーボール』（以上はすべて講談社）、「なん者ひなた丸」シリーズ（あかね書房）、「白狐魔記」シリーズ（偕成社）、「西遊記」シリーズ（理論社）、「くのいち小桜忍法帖」シリーズ（あすなろ書房）、「アーサー王の世界」シリーズ（静山社）などがある。

画家　森田みちよ（もりた・みちよ）
愛知県生まれ。イラストレーターとして、作品に『あいうえお』『ABC』『これだあれ』（いずれも岩崎書店）『うみのとしょかん』（講談社）など。斉藤洋とコンビでの作品に『しりとりこあら』（岩崎書店）、『ドローセルマイアーの人形劇場』（あかね書房）、「ぶたぬきくん」シリーズ（佼成出版社）、『遠く不思議な夏』（偕成社）、『クリスマスをめぐる7つのふしぎ』『あやかしファンタジア』『現代落語おもしろ七席』（いずれも理論社）などがある。

水色の不思議

作者　斉藤洋
画家　森田みちよ

2018年4月11日　第1刷発行

発行者　松岡佑子
発行所　株式会社静山社
〒102-0073　東京都千代田区九段北1-15-15
電話・営業　03-5210-7221
http://www.sayzansha.com

カバーデザイン　坂川栄治+鳴田小夜子（坂川事務所）
本文デザイン・組版　アジュール
印刷・製本　中央精版印刷株式会社
編集　小宮山民人

Published by Say-zan-sha Publications, Ltd.
ISBN978-4-86389-422-8 Printed in Japan

オレンジ色の不思議

斉藤洋・作
森田みちよ・絵

どんなに追いかけても近づけない
〈去りゆく警察官〉、
いつまでも同じ会話をくりかえす
〈ブランコのカップル〉など、
謎の美少女とともに
奇妙な光景があらわれる……。